KB136405

여지껏 사랑도 모르면서

레디앙 시선 | 일하며 부르는 노래5

여지껏 사랑도 모르면서

류 원 시집

차례

제1부 사랑, 숨결을 나누며

제2부 사랑, 인연의 흐름

제3부 사랑, 여행의 시작

제4부 사랑, 일상 안으로

제5부 사랑, 사랑이 되어

제1부

사랑, 숨결을 나누며

마땅히 있어야 할
그 모든 것들과 함께

물건이든 사람이든 동물이든
바람이든 꽃이든 별이든
있을 곳에 있어야 아름답다

그러니
제 빛을 발하지 못하는 그 무언가를 만난다면
어색한 웃음 짓는 그 누군가를 만난다면
한숨이 눈물을 만들어내는 그 순간을 만난다면
꿀밤 삼키듯 숨을 삼켜 없앨 것 같은 나를 만난다면

마땅히 있어야 할 그 곳을 떠올려주자
너의 배경 너머로
마땅히 있어야 할 그 모든 것들과
나의 배경 너머에
마땅히 있어야 할 그 모든 것들을

너를 사랑하는 나는

꺾인 소나무에서도 향기가 난다
말라버린 소나무에서도 향기가 난다
소나무를 꺾은 나는 어떤가
삶의 밑바닥에서도 나의 목소리를 낼 수 있는가
삶의 끝자락에서도 하늘을 바라보고 싶은가
소나무를 꺾었으면 소나무만큼은 살자
장미를 꺾었으면 장미만큼은 살자
개똥풀을 꺾었으면 개똥풀만큼은 살자
하물며 그럴진대
사람을 꺾은 나는 사람으로 살아야 한다

나는 물었어야 한다

할머니의 왼쪽 손목은 바깥쪽으로 일 센티 정도 튀어나와 있었다
"할머니 손은 왜 이래?"
"응, 할머니가 넘어져서 손목이 부러졌는데 병원을 안 갔더니
부러진 상태로 붙어버려서 이래"
"응"

"할머니 왜 병원에 안 갔어?" 물어보지 않았다
돈이 없어 못 갔을 걸 어린 나이에도 이미 알아버렸기 때문이다

그래도 물어봤어야 한다
아니 그 손목을 측은하게 바라봤어야 한다

삐죽 튀어나온 그 손목으로 다지고 다져 즙만 남았을
할머니의 숱한 욕구들을 닦아내주기 위해서라도
그래서 더 이상 짓이겨진 즙내로 눈에 진물 나는 일 없도록
나는 알지만 물었어야 한다
그리고 할머니의 손목에 나의 손을 포갰어야 한다

손녀로서
여성으로서
사람으로서 나는 물었어야 한다

나는 꽃을 피워내려 한 적이 없다

나는 꽃을 피워내려 한 적이 없다
다만 햇살에 고개 내밀었을 뿐

나는 꽃을 피워내려 한 적이 없다
다만 이슬에 마른 목 축였을 뿐

나는 꽃을 피워내려 한 적이 없다
다만 바람에 향기 실어 보냈을 뿐

나는 꽃을 피워내려 애쓴 적이 없다
다만 살기 위해 뿌리 내렸을 뿐

우리 그냥 살아요

바람이 부는 대로
물이 흐르는 대로

해님을 보면 눈을 감고
달님을 보면 눈을 뜨고

목 마르면 물 마시고
몸 마르면 술 마시고

그리우면 한껏 멀리 보고
외로우면 한치 앞을 보고

애쓰지 말고
애끓지 말고

그냥 살아요
마냥 살아요

너와 함께라면

너와 함께라면
옥탑방 단칸방은 자유로운 집시의 마차집이 된다
화분에 나눠 심은 상추와 깻잎으로 떡밥 만들어서
대야에 받아내는 빗방울 속에 낚싯줄을 던져본다
욕심 하나 더 내어 부러 심은 민들레
빗방울 넘치고 흘러 강이 되면
푹 익어 날아가는 민들레 꽃씨 떼
별 가득해져 밤하늘 어둠마저 보이지 않는 밤
작은 평상에 누워 우리만의 별자리를 만들어 간다

안다

슬픔으로 육수를 내고
두려움으로 불을 지필 때
안다

힘줄로 한 올 한 올 엮고
뼈마디로 죽침을 만들어
안다

심장이 따끈하게 익고
가슴팍이 쫄깃해질 때까지
안다

살기 위해 가슴을 파고들고
살고 싶어 가슴을 내어주고
살아갈 땐 가슴을 마주치는 일이 많아야 한다는 걸
안다

달팽이 사랑

너도 못 건너는 바다를 난들 어찌 건너겠느냐
그래도 나는 내 몸 하나 뉘일 한마디 방 한 칸 지고 있으니
바다는 못 건너도 사랑은 끈적대게 나눌 수 있겠다
그게 짐인 줄도 모르고 이고지고 다니는 이유가 다 있다

고슴도치 사랑

나를 안기 위해 갑옷을 입고 달려오지 말아주소
그러면 내 가시가 꺾여 아프다오
맨몸으로 속살 드러내며 와주소
상처 입을 용기를 내주소
그럼 나도 부끄럽지만
아이스크림처럼 보드라운 내 가슴으로 안아 주리다

에잇, 그건 낚시꾼이 아니죠

그런 방식이 당신한테 도움이 되었나요
당신이 원하는 것을 얻도록 해주었나요
당신의 상황이 나아졌나요
분명히 아니겠죠
그렇다면 날 찾지 않았겠죠
그런데 왜 당신은 여전히 그런 방식을 쓰고 있죠

당신이 원하는 게 뭐죠
아니요, 그게 아니에요, 다시 생각해 보세요
아니요, 그것도 아니에요
그게 맞는다면 당신의 목소리에 여전히
화가 묻어나오지 않을 거예요
화 대신 슬픔이나 다른 종류의 감정이 차오르겠죠

진짜 원하는 것을 보는 걸 두려워하지 말아요
사랑을 원하나요
돌봄이 필요한가요
연결되어 있다는 확신을 느끼고 싶나요
그걸 말하세요
그건 나약함이 아니라 용기예요

난 버림받을까봐 두려워
난 혼자되어 그 누구의 도움조차 받지 못할까봐 두려워
난 쓸모없어질까봐 두려워
난 그냥 하루하루 사는 게 두려워

세상이 내 맘대로 되는 게 하나도 없어서 무섭고 불안하죠
그래도 봄가을 되면 햇살 좋고, 여름 되면 덥고,
겨울 되면 춥고
우리 예상할 수 있잖아요
일 년에 반은 덥고 춥고 힘에 부치지만
또 반은 살만하다는 거

우리 힘들면서 버티지 맙시다
무엇보다 애쓰지 좀 맙시다
어떻게 안 그럴 수 있냐고요, 팔자 좋은 소리 한다고요
내가 포기하면 내 가족은, 내 아이들은 어떻게 하냐고요
그러니깐 애쓰지 말고 가만히 있자고요
그 에너지로 나한테 필요한 걸 찾아 주자고요

내가 살아야 누굴 돌보죠
내가 살아야 누굴 보듬죠
내가 살아야 삶을 살죠

바꿔야 해요
어두운 밤 낚시터에서 엉킨 낚싯줄을 풀듯이
누굴 원망할 거예요
미끼 물고 날뛴 붕어를 원망해요
불빛 없는 낚시터를 원망해요
밤낚시 온 나를 원망해요? 에잇, 그건 낚시꾼이 아니죠
그냥 조용히 앉아서
한 땀 한 땀 꼬여 있는 낚싯줄을 풀어야죠
아니면 과감히 잘라 내거나
그냥 접고 가자 구요? 에잇, 그건 낚시꾼이 아니죠

괜찮아, 누구나 다 두렵고 무서워
맞아요, 그런데 그 두렵고 무서운 감정에 치여서
방바닥에 뒹구는 먼지가 창문 틈 비집고 들어온 바람에

이리저리 붕붕 떠다니는 아름다운 광경을
놓칠 수는 없잖아요
붕어가 미끼를 물어 슝 하고 찌가 올라와
캐미가 저수지의 별이 되는 아름다운 광경을
놓칠 수는 없잖아요

눈 깜박하면 사라지는 아름다운 것들이 너무 많아요
눈 깜박만 해도 잡을 수 있는 아름다운 것들이 많다고요
그래서 고기 하나 못 낚아도 나는 낚시를 해요
그게 낚시꾼이죠

촛불 하나 손에 쥐고

있잖아
일상에 관심을 가진다는 거
그게 사랑 같아
때론 좀 귀찮을지도

있잖아
일상을 나눈다는 거
그게 사랑 같아
때론 좀 지겨울지도

있잖아
일상을 유지시켜 주는 거
그게 사랑 같아
때론 좀 심심할지도

있잖아
그래도 일상이 제일 중요한 거잖아
우리가 투쟁하는 게 다 일상을 되찾기 위함이니깐

사랑은

한 품의 곁을 내어주는 것이
심장소리 들을 수 있게 겨드랑이 자락 내어주는 것이
사랑인 줄 이제야 알았습니다

사랑은 그리 가까이 품을 수 있는 숨결이 전부임을
이제야 알았습니다

기다림의 자세

기다린다는 것은
너를 기다린다는 대상의 의미가 아니다
그것은 우리가 함께한 시간을 되살리는 일이다

기다림의 시간은 헤어진 그 순간부터 정지되기에
그 모습 그대로 오길 바라는 마음은
이미 낯설음을 감추고 있다

살아간다는 건
낯설음에 익숙해지는 거
익숙함에 낯설어지는 거

사랑은 흘려보내기

모든 흘러가는 것은 아름답다
그물에 걸리는 것은 낚아서
바람과 햇살과 이슬을 한껏 뿌려
볶아먹고, 구워먹고, 찜해먹고, 끓여먹고, 조려먹고
씹고 씹어서 갓난아기 입에 넣어주듯
다시 그물에 걸리지 않게 흘려보낸다
미련까지도

모든 흘러가는 것은 아름답다
차지게 말린 곶감도, 곰팡이 꽃 활짝 핀 메주도
몰래 숨겨먹던 꿀단지, 매달아 놓고 보기만 하던 굴비도
아낌없이 미련없이 띄워 보낸다
기다림까지도

흘러가는 모든 것은 아름답다
매순간 새로운, 위대한 사랑이 만들어짐을 믿으며
방금 나눈 우리의 키스도, 약속도
두려움 없이 떠내려 보낸다

잔잔히 천천히 흘러가는 그 모든 것을
바람 너머로 바라본다

사라지지 않기를

힘들 때 가장 먼저 찾게 되는 것도 너고
힘들다고 짜증부리고 툴툴댈 수 있는 것도 너다

그래도 내 옆에 꼭 붙어 있어주는 것도 너고
그런 내 옆에서 손가락 장난치는 것도 너다

그래서 난 오늘도
네가 내 눈길 머무는 만큼
내 손 잡을 만큼
내 얼굴 맞대고 비빌 수 있는 만큼의
딱 그곳에서 사라질까봐
나를 위해 너를 그리고 너를 위해 너를
부르고 또 부른다

걷고 또 걷고

늘 힘든 일이 있을 때면 생각한다

'저 길모퉁이를 지나면 어떤 풍경이 펼쳐질지 나는 모른다
그렇기에 나는 희망을 갖고 걸어가 볼 것이다'

다짐

현재의 숙제 앞에 현실의 문제를 치맛자락 삼아 숨지 않으리

오늘의 기도

신은 나에게서 모든 걸 다 가져가도
내 앞에 걸어갈 길 하나는 반드시 놓아두신다
그 길은 나의 선택과는 무관한 길이지만
그 길을 선택해야만 하기에
그 길은 결국 내가 선택한 길이 된다
그 길은 하늘에 오르는 수직의 길도 아니고
목적지를 찾아가야 하는 미로의 길도 아니다
그럼에도 그 길은 아득하고 막막하다
그러나 한 발 내딛을 용기만 있다면
나는 어디든 갈 터이고
어디를 가든 그 곳에는 친구들이 있을 것이며
사랑으로 풍요로울 것이다
그리고 머물 수 있는 용기를 더 한다면
그 곳에서 신을 만날 것이며
비로소 온전히 자유로울 것이다

제2부

사랑, 인연의 흐름

미련

앞마루에 나와 앉아 비가 오기만을 기다린다
비라도 오면 아무것도 걸치지 않은 내가 걱정되어서라도
당장에 연잎하나 따서 뛰어와 주지 않으려나

밤을 꼬박 지새우며 날이 밝기만을 기다린다
날이라도 밝으면 아무것도 걸치지 않은 내가 부끄러워서라도
당장에 담쟁이덩굴 뜯어서 뛰어와 주지 않으려나

더위를 견디며 겨울 오기만을 기다린다
겨울이라도 오면 아무것도 걸치지 않은 내가
얼음기둥으로 뿌리내릴까 무서워서라도
당장에 소여물이라도 들고 뛰어와 주지 않으려나

미련 속엔 사랑도 두려움도 슬픔도 없다
그저 너
그리고 너를 바라는 내가 전부다

우주인

나는 오늘도 구걸을 한다
가부좌를 틀고 앉아 딱 한 입만 베어 먹은 사과를
머리에 얹는다
사과를 빛나게 하기 위해 단정히 바리캉으로
머리카락을 밀고 나오는 것을 잊지 않는다
바리캉의 날이 섰는지 오늘은 머리에
빨간 실지렁이가 몇 마리 꿈틀거린다
실지렁이가 하염없이 내리쬐는 햇빛을
피하지 못하고 말라붙는다
그때쯤 호흡이 멈춰지고 생각이 떠오른다
사과를 한 입 더 베어 먹을까
햇빛에 발갛게 머리통이 여물자 더는 참지 못하고
사과를 손에 쥔다
사과를 모신 곳만 말갛게 도드라진 머리통 위로
무심코 빗방울이 하나 둘씩 꽂힌다
빗방울을 머금고 덕지덕지 붙어있던 실지렁이들이
빨간 물을 흩뿌리며 뚝뚝 사과 위로 기어든다
이미 드러낸 사과의 살덩이에 생기가 돈다
참지 못하고 한 입 또 크게 베어 문다
빨간 즙이 살짝 묻어난 입술이 부끄럽다

사과에 난 두 입 자국이 마주보며 유혹한다
망설이지 않고 개가 갈빗대를 핥듯 싹싹 발라 먹는다
남은 사과 속마저 씹고 핥고 빨고 하다 보니 만난다
사과가 품고 있는 우주를
그 우주를 바라본다
해와 달과 바람과 비와 흙과 땀과 그 모든 것들이
일어났다 사라지는 순간들이 스노우볼처럼
사뿐히 올라왔다 내려앉는다
내 마음도 사뿐히 올라왔다 내려앉는다
가진 것이 없어서 빌어 산다
너덜해지고 사라져 버릴 만큼 빌다 보면
어느 순간 만나고 있다
정말로 아무것도 가진 것 없는 나를
그리고 그런 나를 품고 있는 온 우주를
그리고 그 우주가 나와 꽤 비슷하게 생겼다는 것을

손가락이 왜 다섯 개인 줄 아니

엄지손가락엔 본질을
검지손가락엔 희망을
중지손가락엔 용기를
약지손가락엔 의지를
새끼손가락엔 사랑을

자꾸 깜박잠을 자는 우리를 위해 손가락을 만들어 주신 거래

힘들 때면 나를 위해 엄지손가락을 들어
진짜 중한 게 뭔지를 바라 볼 수 있게 해주고
앞이 막원할 때면 나를 위해 검지손가락을 뻗어
막원한 그 너머의 길을 가리킬 수 있게 해주고
혼란스러울 때면 나를 위해 중지손가락을 번쩍 치켜세워
본성이 이끄는 대로 행동 할 수 있게 해주고
도망가고 싶을 때면 나를 위해 약지손가락을 펴서
나의 아픔과 나약함을 드러낼 수 있게 해주고
아무것에도 아무런 의미가 없어질 때면
나를 위해 새끼손가락을 흔들어서
나를 유혹하고 간지럽힐 수 있게 말이야

어느 날 다섯 손가락이 더 이상 필요하지 않게 되면
우리는 하늘, 아니면 바다,
아니면 그 어디에서든 자유롭게 노닐 수 있을 거래
그때까진 내 마음의 수많은 결을 따라 가보는 거야
두려워 말고
우리에겐 언제든 꺼내 볼 수 있는
나만의 다섯 손가락이 있으니까

가난한 비

침대에 누워 천장을 바라본다
다닥다닥 떨어지는 빗소리가 들리고
다닥다닥 붙어있는 곰팡이가 보이고
다닥다닥 엮여있는 거미집이 보이고
다닥다닥 튕겨지는 라디오가 들린다

찔끔찔끔 새어 든 비에 구닥다리 갈색을 섞어
찔끔찔끔 그려 논 추상화 같은 천장을 바라본다

꾸물꾸물 움직이는 벌레 같기도 하고
들썩들썩 뿜어대는 화산 같기도 하고
몽실몽실 흘러가는 구름 같기도 하고

단단히 새겨진 얼룩이 도드라져 알 수 없는 무늬가 되고
벽지의 꽃무늬는 보일 듯 말듯 어우러져
이내 배경이 되었다

무엇이 원래의 무늬이고, 무엇이 원래의 배경인지
구분되지 않게 뒤섞여 버린 천장을
체크무늬의 이불속에 갇혀
손가락 하나 간신히 움직이면서
하릴없이 그냥 바라본다

비 오는 날
나는 그렇게 꼼짝없이 내 방 안의 배경이 된다

페미니스트가 되어버린 날

겨울이 되면 나는 샤워 후
몸통에 로션을 바르는 순간이 끔찍해진다
차디찬 배 위에 더 차가운 내 손이 닿을 때면
이미 알면서도 손이 닿는 그 곳으로
심장이 바짝 몰려 쪼그라든다
나는 정말이지 차가운 것은 다 싫다
차가운 얼음도 싫고
차가운 맥주도 싫고
차가운 커피도 싫고
차가운 침대는 끔찍하다

차가운 침대에 처음 누운 날
너희들은 내게 많은 감정이 오갈 거라 생각하며
애써 나를 위로했다, 그러나 그건 잘난 위로다
난 오로지 내 몸이 잘못 될지도 모를 두려움 하나로
송곳 하나 찌를 땀구멍 하나 없이
이미 팽창해 터져버린 배꼽을 부여잡았다
너희들은 슬픔과 죄책감 따위로 힘들어 할 나를 위해
네 잘못이 아니라며 다독여줬다,
그러나 그건 잘난 위로다

난 나를 탓하기 전에, 아니 그를 맘껏 탓하기 전에
어떻게 해야 차가운 침대에 누울 수 있으며
어떻게 해야 소리 소문 없이 잠을 잘 수 있고
어떻게 해야 별 탈 없이 잠에서 깨어나
말짱히 침대에서 일어날 수 있을까를 고민했다

그런 내 곁에서 내가 무사히 잠들 수 있게 지켜준 '그'
이 순간 나의 유일한 보호자인 '그'
잠에서 무사히 깨어난 나를 위해 몸보신을 시켜준다며
삼계탕 집으로 데려간 '그'

삼계탕 속의 닭 한 마리를 보게 되었다
온몸이 무너진다
배때기를 통으로 갈라 내장을 다 비워내고
쌀알로 꾹꾹 채워서 쌀 한 톨 삐져나오지 않게
두 다리를 꽁꽁 묶어 둔 모습이 꼭 나 같다
다리를 벌려 이미 터져버린 배꼽 안에서
무언가를 뽑아내고는 다시는 다리를 벌리지 못하게
무서움으로 꽁꽁 동여매버린 내 몸과 마음

나를 기다리며 얼마나 맘을 졸였는지
그는 허겁지겁 삼계탕을 잘도 먹는다
두 젓가락을 힘 있게 두 다리 사이에 꽂고는
휘저어 벌려서 그 안의 것들을 다 뽑아내
우걱우걱 잘도 먹는다
그 모습이 소름끼쳐서 꼼짝없이 바라만보는
나를 보고는 애써 걱정 어린 표정으로
내 닭의 다리마저 젓가락으로 휘저어
쫙 찢어 벌리고 헤죽댄다

그가 내가 차가운 침대에서 한 숨 잘 자고 일어나길
무진장 기도하고 바랐다는 데는 한 치의 의심도 없다
그리 기도한 이유가 무엇이든 상관도 없다
내가 슬픔과 죄책감을 느낄 틈 없이 무서움에 떨며
오로지 나의 안전을 기도했듯이
그도 오로지 자신의 안전을 기도한 것이 무어 잘못일까
다만 내 앞에서 그가 젓가락을 마구 휘저으며
다리를 찢고 내장을 파내는 꼴을
다시는 가만두지 않겠다는 생각을 온몸으로 기억한다

비로소

말을 잃으니 소리가 들렸다
꿈을 잃으니 원(願)이 떠올랐다
너를 잃으니 내가 보였다
삶을 잃으니 숨을 만났다
비로소

너의 이름은

산에 갔다 자작나무 밑에 들개새끼 한마리가
배곯고 있기에 데리고 왔다
살려놓고 보니 지 본능대로 사나운 들개가 될까 싶어
때 되면 밥 주고 쓰다듬고 돌보면서 정을 줘버렸다
이놈도 나만 보면 꼬랑지 흔들거리며 달려와서
핥고 빨고 물고 하며 좋아 어쩔 줄 몰라 한다
나조차 아끼지 않는 내가 뭣이 좋다고 그리 졸졸
쫓아 다니는지 알 턱은 없지만 괜스레 기분은 좋다
그러던 놈이 언제부턴가 옆집 근본도 모를 암캐랑
정분이 나서 자꾸 담을 넘어간다
안되겠다 싶어 이놈을 마당 젤 튼실한 나무에 묶어놓고
간간히 산책만 데려간다
오늘도 자꾸 목을 빼고 옆집 담을 향해 울어 대는 게
못마땅해 목줄 단단히 엮어 데리고 뒷산으로 산책을 갔다
어느 오름에 올랐을까,
목줄로 부어오른 목이 내심 미안해서 여기서라도
마음 놓고 뛰어다니라고 목줄을 빼준다
그래도 그놈 내 옆을 떠나지 않고 가만히 있는다
먼 산을 바라보는 나를 따라 먼 산을 바라보고

바람을 느끼는 나를 따라 바람을 느끼고
쓰다듬는 내 손을 정성껏 핥아주면서
그렇게 내 곁에 있는다
한참을 그렇게 있다가 이제 그만 내려가자
목줄을 다시 묶으려는 그때다
갑자기 내 손을 바락 물고는 쏜살같이 달아나 버린다
물린 자국에 발간 피가 맺힌다
그놈도 놀란 듯이 나와 거리를 두고 서서
이러지도 저러지도 못한 채 바라본다
그렇게 나와 마지막 눈을 맞추고는
어쩔 수 없다는 듯이 산으로 산으로 걸어 들어간다
다시 그놈은 산으로 돌아갔다
원래 산에서 태어났기에
산에서 살아야만 하는 들개였을까
아니면 내가 산으로 쫓아낸 걸까
옆집 암캐랑 이어주었다면 내 옆에 남아 있었을까
들개라고 부르지 않았다면 계속 내 옆에 남아 있었을까
여하튼 그놈 이름을 여태껏 지어주지 못한 게 한이다

그대가 나를 기억만 해준다면

내가 오지 않거든
기다리지 말고 기억해 주기를

내가 거기 없거든
찾아 헤매지 말고 기억해 주기를

내가 그댈 보고도 웃지 않고
내가 그댈 보고도 입 맞추지 않고
내가 그대 손을 먼저 놓아주거든

슬퍼하지 말고 나의 분가루를 한 스푼 커피에 넣어 마시며
아침의 소리에 조용히 귀 기울이기를

혹여 나에 대한 그리움에 숨이 끊어질 듯 아파질 때가 온다면
내 분가루를 바람에 크게 두 스푼 날려 보내주기를
기왕이면 민들레 꽃씨가 떼 지어 날아다니는 봄날이면 좋으련만
민들레 꽃씨 가닿은 적당하고 알맞은 그곳에서
거름되어 피어올라
어느 날 그 길을 걷는 그대의 손에 노란 꽃 한 송이 쥐어지기를

혹시라도 나의 숨결을 느끼고 싶어
그대 숨죽일 때가 온다면
남은 내 분가루를 남기지 말고 목젖 깊숙이 삼켜주기를
그대 나 만나러 오는 길 단숨에 올 수 있게
그대 나 만나러 오는 길 한 걸음에 올 수 있게
목젖 깊숙이 숨겨둔 내 이름 크게 토해내어 헤매지 않게
아낌없이 노잣돈으로 쓰이기를

그러나 내 분가루를 다 날려도
아직 그대 그곳에 머물거든
두려워말고 그냥 기억해 주기를

그러면 나는 언제든 어디서든 그대 곁에서
떨어질 줄 모르는 속삭임이 되어 지저귈 테니
그대가 나를 기억만 해준다면

사라지고 살아지는 시간

잠을 자기 싫어서 커피를 마셨다
불면증에 수면제를 매일 몇 알씩 쏟아 넣고 있는
친구에게 미안한 마음으로 전화를 한다

나 잠이 안 와
그런데 눈은 무겁네
하얀색 종이 위의 검은 글자들이
벌레처럼 징그럽게 움직이기 시작하네
잡으려고 하면 흩어졌다 곧 다시 뭉쳐서
꾸물꾸물 지들끼리 엎치락뒤치락 거리네
그냥 책을 덮어 꾹 눌러서 다 죽여 버렸어

그런데 귀는 밝아지네
소리를 걸러주던 거름망이 찢어졌나봐
세상의 모든 소리가 한꺼번에 쏟아져 들어오기 시작하네
거름망을 뚫고 날파리들이 몰려들고
거미들이 집을 짓기 시작하네
그냥 귓속에 손가락을 꾹 집어넣어 숨통을 조였어

모든 살아있는 것들은 죽고
모든 사라진 것들이 나타나는 시간

모든 살아있는 것들을 죽이고
모든 사라진 것들을 끄집어내는 시간

매일 살아있는 것들의 죽음을 목격하고
매일 사라진 것들을 마주해야 하는 네가
있는 것과 없는 것을 매일 경험하는 네가
어쩜 진짜 삶을 경험하는 것인지도 모르겠구나

원하든 원치 않든
우린 그걸 위해 같은 것을 선택했구나

재개발 空家들 속 애처로운 나의 집

담쟁이덩굴이 수를 놓은 낮은 담벼락
담벼락 기둥에 달아놓은 흐릿한 등불에 이끌려
담쟁이덩굴을 헤치고 들어가 본다
그 곳에 숨어있는 나비와 꽃나무 그리고 의자 하나

누구의 꿈이었을까
담쟁이덩굴 속 아름답고 낭만적인 집
누구의 바람이었을까
담쟁이덩굴 속 아늑하고 평화로운 집
누구의 노력이었을까
담쟁이덩굴 속 안전하고 깨끗한 집
누구의 현실이었을까
담쟁이덩굴 속에서 빠져나오지 못하고 박제된 집

자세히 들여다보니 나비는 날갯짓을 하다 멈추었고
꽃나무의 꽃은 떨어지다 멈추었고
가고 오는 이 없는 의자는 빛바래어 멈추었다
나비와 꽃과 의자는 이러지도 저러지도 못하고
그 곳에 박혀 낡아간다

굵지만 애처로운 노인의 팔에 튀어나온
핏줄 같은 겨울의 담쟁이덩굴이여!
어서 빨리 넝쿨져 뻗어나
꿈틀거리는 젊은이의 팔을 파고드는
핏줄 같은 담쟁이덩굴로 가득해져라!

부끄럽지 않도록
나비와 꽃과 의자가 부끄럽지 않도록
담쟁이덩굴이여 어서 더 넝쿨져라!

너를 만나고 나서부터
내 머릿속에 매미가 살기 시작했어

내 심장에서 부화하여 내 피를 먹고 자란 애벌레가
이제 간신히 목구멍까지 기어올랐다
끈적이는 껍질이 무거워 심장에서 떨어지질 못했던 애벌레가
기특하게도 한 발 한 발 바깥 숨을 쉬기 위해
목구멍으로 기어올랐다
그러고도 한참을 그 자리에 붙어만 있던 애벌레가
내가 너의 숨을 처음 들이마신 날
드디어 날개를 펼치고 내 입에서 토해지듯 빠져 나갔다

불편하진 않지만
안쪽으로 거칠게 뻗어난 덧니처럼 신경 쓰이고
아프지는 않지만 목젖이 도드라지듯 스멀대던
내 안에서 태어나 자란 애벌레가 그렇게 날아가 버렸다

내 애벌레는 어디로 나비가 되어 날아간 걸까

너의 입을 가만히 바라본다

굳게 닫힌 너의 입은 좀처럼 열리지 않는다
바깥 숨을 쉬어보기 전에
너의 숨을 먼저 마셔버린 미숙한 나의 나비
너의 혀에는 몇 개의 나비무덤들이 솜솜이 박혀 있을까
너의 입만 가만히 바라본다

닫혀 있던 너의 입이 열리고
너의 숨이 나의 귀로 흘러든다
꺼끌꺼끌한 나비 무덤들이 토해진다

그때부터였다
내 머릿속에 매미가 살기 시작했다
너를 만나고 나서부터
내 머릿속엔 시간도 장소도 상관하지 않고
거침없이 나 여기 있다고, 내가 다시 돌아왔다고
끊임없이 우는 매미 한 마리가 들어앉아 버렸다
죽기 전까지 죽을힘을 다해서 우는 매미가

결국 난 또 사랑을 하겠지

누군가를 기다렸어
나를 구원해줄 누군가를
여전히 낯선 이 터에서 나를 데려가 주기를
여전히 불안한 이 삶에서 나를 데려가 주기를
여전히 겁이 나는 이 순간에서 나를 데려가 주기를

어느 날 만난 네가 그 누구일까
내 마음속 눈물이 피부를 뚫고 배어나서
솜털에 소금알로 송알송알 맺히고
그 소금알이 티가 날까 걱정하는 나를 위해
혀를 내어 싹싹 핥아내 주는 너를 보며
네가 나의 구원자라면 얼마나 좋을까

그러나 네가 그럴 리는 없을 거야
내 안의 파도소리를 듣고
내 안의 총알소리를 듣고
내 안의 울음소리를 듣고
내 소금알을 핥아내 주면서도

내 곁에 남아있다면 그건 사랑일 뿐
내가 찾는 구원자는 아닐 거야

사랑한다면
나의 눈물에 절은 숨통을 끊어내 주지는 못할 거야
결국 나는 누군가로부터 구원받는 일은 없을 거야

그림자 사랑

당신을 한참 떠나왔다 생각했는데
당신 그림자에서 벗어나 길을 잃을까
오늘도 아침 오기만을 기다리며 웅크리고 있네

당신을 한참 떠나보냈다 생각했는데
온몸 고스란히 햇살 받기 두려워
오늘도 당신의 그림자를 찾아 헤매네

그러나 내 그림자 안에 내가 없듯이
당신 그림자 안에도 당신은 없네
누구의 그림자도 나를 품을 수 없다는 걸 알면서도
나는 하염없이 당신의 그림자 속에 머물려 하네

민들레 꽃씨처럼

민들레 꽃씨가 아름다운 건
어디에든 가닿을 수 있는 자유로움이 아니라
어디에 가닿든 뿌리내릴 수 있는 생명력이다

사랑 의식

첫 사랑을 하면서 계속 궁금했다
왜 처음이라고 하지, 사랑은 하나뿐일 텐데
사랑을 시작한 것에 비하면 꽤 늦게 알게 되었다

첫 사랑은 두 번째 사랑으로 가기 위해
감정 한 움큼 털어 넣는 의식이라는 걸
그리고 두 번째 사랑은 세 번째 사랑으로 가기 위해
욕정 한 사발 들이키는 의식이라는 걸
그리고 세 번째 사랑은 네 번째 사랑으로 가기 위해
바람 한 봉지 마시는 의식이라는 걸
그리고 네 번째 사랑은 다섯 번째 사랑으로 가기 위해
집착 한 스푼 떠먹는 의식이라는 걸
그리고 다섯 번째 사랑은 여섯 번째 사랑으로 가기 위해
기다림 한 냄비 끓여먹는 의식이라는 걸
그리고 여섯 번째 사랑은 일곱 번째 사랑으로 가기 위해
믿음 한 조각 깎아먹는 의식이라는 걸
그리고 일곱 번째 사랑은 여덟 번째 사랑으로 가기 위해
피 한 모금 빨아먹는 의식이라는 걸
그리고 여덟 번째 사랑은 아홉 번째 사랑으로 가기 위해
숨 한 솥 삶아먹는 의식이라는 걸

그리고 아홉 번째 사랑은 열 번째 사랑으로 가기 위해
사람 한 다발 다져먹는 의식이라는 걸
그리고 열 번째 사랑부터 나는 숫자 세기를 그만뒀다
이 모든 것을 믹서기에 넣고 갈아서
단숨에 먹어 치우는 법을 알아버렸기 때문이다

어떠한 의식조차 느끼지 않게 미안하지도 않고
어떠한 의식조차 치르지 않게 새롭지도 않고
어떠한 의식조차 필요치 않게 대단하지도 않고
그러나 어떠한 의식조차 멈출 수 없게 반복되는
이런 게 사랑이라면 도대체 나는 왜 또 사랑을 하는가

궁금해

난 당신이 무얼 먹는지 보다
당신이 무얼 듣는지가 궁금해

난 당신이 무얼 생각하는지 보다
당신이 무얼 느끼는지가 궁금해

난 당신이 무얼 읽는지 보다
당신이 무얼 기억하는지가 궁금해

난 당신이 무얼 좋아하는지 보다
당신이 무얼 두려워하는지가 궁금해

난 당신이 무얼 꿈꾸는지 보다
당신이 무얼 바라볼 수 있는지가 궁금해

난 당신이 나를 사랑하는지 보다
당신이 사랑을 믿는지가 궁금해

잊지 말아야 할 것

인간은 생각하는 존재가 아니라
생각하는 자아를 바라보는 존재이다

인간은 자신을 알아가는 존재가 아니라
자신이 되어가는 존재이다

그걸 잊지 말아야 한다

나에게 말을 걸기 위해 지나온 시간들

이렇게 사는 건 아닌 거 같다고 물으니
처음엔 다 그렇다는 얘기에 안도가 되었다

이렇게 사는 건 아닌 거 같다고 물으니
모두들 그렇게 산다는 얘기에 위로가 되었다

이렇게 사는 건 아닌 거 같다고 물으니
이것도 못 누리는 이들이 많다는 얘기에
감사의 기도를 올렸다

이렇게 사는 건 아닌 거 같다고 물으니
그래도 버티다 보면 또 한고비 넘는다는 얘기에
마음을 다잡았다

이렇게 사는 건 아닌 거 같다고 물으니
다른 걸 뭘 할 수 있느냐는 얘기에 무서워졌다

이렇게 사는 건 아닌 거 같다고 물으니
관두면 진짜 죽는다는 얘기에 숨이 막혔다

이렇게 사는 건 아닌 거 같다고 물으니
그러면 그만두라는 얘기에 갈 길을 잃었다

이렇게 사는 건 아니라고 깨달았을 때
비로소 더는 질문을 멈추고
나는 나에게 말을 걸기 시작했다

사랑보다 어려운 함께 살기

사랑을 하려니
시간을 내야 하더군요
그래서 나의 시간을 내어주었습니다

시간을 낸다는 건 함께 하기 위함입니다
그래서 나의 공간도 내어주었습니다

마음을 내어주는 게 사랑이라고 생각했습니다
마음을 내어주었으니 내 모두를 준 것이라고 생각했습니다

마음만 내어주었을 때는 몰랐습니다
시간을 내어준다는 것은 일상을 공유하는 것
공간을 공유한다는 것은 일상을 내어주는 것이라는 걸
미처 몰랐습니다

내 시간을 내어주고, 내 공간을 내어주는 것이
온 마음을 내어주는 것보다 어려운 일인 줄 미처 몰랐습니다

지켜준다는 건
지켜봐 주는 거라네

지켜준다는 건 보호하기 위해
울타리를 높이 쳐주는 것이 아니라네
더 다양한 걸 경험할 수 있게 경계를 풀어주는 거라네
그리고 그저 환한 달빛처럼 언제나 지켜봐 주는 거라네

제3부

사랑, 여행의 시작

매일 우는 건 당연하죠

하루에 한 번씩은 수도꼭지를 살며시 틀어놔 줘요
찔끔찔끔이라도 흘려보내줘요
땅 속 깊이에서 애써 솟아나는 샘물 마중할 수 있게
고라니 눈치 보지 않고 맘껏 목 축일 수 있게
다람쥐 도토리 까먹다 목에 걸리지 않게
지렁이 머드팩으로 매끈매끈해지게
그러나 너무 넘쳐흐르면 안돼요
달팽이집에 물 새어 들지 않게
떠나야 할 민들레 꽃씨 잡아두지 않게
사랑하는 개미들이 물길 사이에 두고 생이별 하는 일 없게
너무 콸콸 쏟아내지는 마요

코끼리와 민들레의 사랑

코끼리야 난 네가 참 좋아
네 옆에 있으면 나까지 커다랗게 자란 기분이거든
커다란 네가 나를 든든하게 지켜줄 거 같아

걱정 마 민들레야
난 너를 비바람으로부터 그리고
너를 맛있어 하는 동물들로부터 지켜줄 거야
그런데 나한테는 커다란 걱정이 있어
만약 내가 네 곁에서 잠을 자다가
너를 누르게 되면 어쩌지
만약 내가 너의 친구들을 알아보지 못하고
밟게 되면 어쩌지
난 그런 나를 절대 용서하지 못할 거야
그래서 난 네 옆에 있지도
한 발자국 걸음을 뗄 수도 없어
너를 지키는 일이 너를 아프게 하는 일이 될까봐
나는 너를 어떻게 사랑해야 할지 모르겠어

걱정 마 코끼리야
넌 내 꽃씨 때문에 연일 재채기를 하면서도
내 옆에 있어주고
나를 찾아온 벌한테 연일 쏘이면서도
내 옆을 지켜주잖아
그것만으로 넌 나한테 이미 모든 걸 다 해 준거야
만약 네가 나를 누르게 된다면
나는 땅속 깊숙이 더 뿌리 내릴 뿐이야
꽃잎은 땅위에 드러난 나의 일부분일 뿐
진짜 나는 이미 너의 가슴 안에 품어져 있으니
아무 걱정 하지 마

보이지 않는 존재들에 대하여

가을이 되면 밖으로 나가고 싶다
노랗고 빨간 나뭇잎과 파란 하늘을 보며
원색의 조화를 만끽하고 싶다

가을이 되면 밖으로 나가고 싶다
도토리 흙냄새 풍기는 시원한 바람으로
얹힌 가슴을 쓸어내리고 싶다

가을이 되면 밖으로 나가고 싶다
찬란하게 아름다운 세상 속 배경이 되어
누군가의 사진 속에서라도 기억되고 싶다

그래서 나는 가을로 꽉 차오른 오늘
모두가 밖으로 뛰쳐나와야 마땅한 가을날 오늘
보이지 않는 것들을 찾게 된다

밖으로 나오고 싶어도 나오지 못하는 많은 것들과
밖으로 나오는 길을 잃어버린 많은 것들과
밖으로 나왔으나 배경조차 되지 못하는
많은 것들을 찾게 된다

보이지 않아 잊힐 수는 있으나
사라지지 않는 존재들에 대한 그리움을 안고
나는 오늘도 밖으로 나와
보이지 않는 존재들의 존재함에 깊은 존경을 표한다

그대가 나를 사랑하거든

그대가 나를 보고 싶거든
겁을 먹어 토끼 눈이 된 내가 깡충깡충 종종거리며
도망가지 않게
그저 포근히 노래 불러 줄래요

그대가 나를 좋아하거든
지쳐 주저앉은 나에게 향기로운 민들레에
달콤한 꿀을 버무려 밥을 지어주고
솔솔 등을 긁어 곤히 잠 재워 줄래요

그대가 나를 사랑하거든
머뭇거리는 나를 위해 냇가에 데려가 얼굴을 씻겨주고
하나뿐인 네 잎 토끼풀에 믿음과 희망과 용기와 사랑마저
고이 싸서 떠나보내 줄래요

그대가 나를 알고 싶거든
내 발자국이 어디로 향하는지 어디서 머무는지
조용히 지켜보고
내 발자국이 어떤 기분인지 다정히 말해 줄래요

눈물에 맛이 있다면

눈물에 맛이 있다면 해님 맛이면 좋겠어
울고 또 울면 밝은 햇살에
어린 아이처럼 해맑아질 수 있게

눈물에 맛이 있다면 바다 맛이면 좋겠어
울고 또 울면 비릿한 바다 향기에
멀미가 가라앉을 수 있게

눈물에 맛이 있다면 바람 맛이면 좋겠어
울고 또 울면 보드라운 바람에
민들레 꽃씨처럼 가볍게 날아가 버릴 수 있게

눈물에 맛이 있다면 엄마가 끓여준 청국장 맛이면 좋겠어
울고 또 울면 구수한 엄마 냄새에 푹 안겨
불안하지 않을 수 있게

눈물에 맛이 있다면 아무 맛도 나지 않길 바라
울고 또 울면 아무런 기억도 나지 않게
사랑도, 미움도, 기대도, 원망도, 약속도,
미안함도, 두려움도… 모두 잊을 수 있게

그저 물처럼 살리라

물처럼 살리라
방울방울 비추며 산도, 별도, 나무도, 청개구리도,
그리고 너의 함박웃음도 품으며 살리라

물처럼 살리라
부글부글 끓기도, 딱딱하고 차갑기도, 사르르 사라지기도,
그리고 너의 눈에 별꽃으로 맺히기도 하며 살리라

물처럼 살리라
틈새틈새 채우며 뜨락 흙 속으로, 골짜기 바위 사이로,
해변가 모래 새로,
그리고 너의 마음 안으로 스며들며 살리라

물처럼 살리라
졸졸콸콸 흐르며 높은 곳에서 낮은 곳으로,
작은 것에서 큰 것으로,
그리고 너의 마음에서 우리의 마음으로 만나며 살리라

인연에 대한 예의

그 누구의 잘못도 아닌 일이 있다
예를 들자면
투벅투벅 걸으며 여러 마리의 개미를 밟아 죽이는 일
굼질굼질 잠자며 여러 마리의 거미를 눌러 죽이는 일
할래발딱 숨쉬며 여러 마리의 날파리를 삼켜 죽이는 일
콩닥콩닥 끌리어 여러 손가락의 약속을 지워 죽이는 일
이런 일들은 그 누구의 잘못도 아니다
그러나 내가 죽인 개미와 거미와 날파리와 그리고 약속
너와의 약속은 가슴에 고이 묻어 주어야 한다
그것이 인연에 대한 예의다

홀로 핀 꽃이 있으랴

그대, 무슨 생각을 하고 있나요, 무엇을 느끼고 있나요
그대의 잘못은 아무것도 없어요
그대는 그저 그대의 꽃을 피웠을 뿐이에요
그 꽃이 무슨 색이든 무슨 향기를 지녔든 상관없지요
일 년 내내 꽃을 피우든 단 하루를 피우든 상관없지요
그런 건 우리가 어쩔 수 없는 일이잖아요
그대가 잘못한 건 아무것도 없어요
그저 최선을 다해 그 자리에서 오고가는 비바람을 맞으며
추위와 더위를 견디고 버텼을 뿐인데 무얼 잘못한 게 있겠어요

나의 잘못도 없죠
나의 꽃을 피우느라 그대를 잠시 잊은 나도
나의 꽃을 피우느라 그대는 괜찮으냐고 물어보지 못한 나도
나의 꽃을 피우느라 그대를 그늘 삼고
오고가는 나비와 벌들을 유혹한 나도
나의 꽃을 피우느라 나의 뿌리가 그대의 뿌리를
무겁게 누르고 있는지 몰랐던 나도
잘못한 건 없을 거예요

우리는 그저 자신의 꽃을 피우기 위해 최선을 다했을 뿐이죠

지금 있는 자리에서

백날 수행해봤자 갓 태어난 아이보다
현재에 충실하지도 못할 거면서
백날 수행해봤자 바다 속 해녀보다
숨을 다루지도 못할 거면서
백날 수행해봤자 모든 걸 잃은 노숙자보다
집착을 버리지도 못할 거면서
백날 수행해봤자 섬에서 나고 자란 노인보다
자유롭지도 못할 거면서
백날 수행해봤자 내 손톱 밑 가시하고만 싸울 거면서
수행을 뭐 하러 하누

수행보다 중요한 건
지금 살아 있다는 거다
삶을 사는 법을 배우는 거다

우리

밀가루를 물과 적당히 섞어서 반죽을 한다
질겅댈 수 있을 만큼 쫀득해졌을 때
얇게 펴서 뚝뚝 뜯어낸다
머리부터 똥 심줄까지 죄다 뽑아내어
더 이상 바랄 것 없는 멸치가
바글바글 올라오는 물방울에 이리 치이고 저리 치일 때쯤
뜯어낸 밀가루 반죽을 남김없이 털어내어
수면 위를 가득 덮는다
마치 연못을 가득 메운 연꽃잎처럼
냄비 속을 가득 메운 밀가루 반죽이
들썩들썩 거리며 초저녁 색으로 물들어 간다
어느새 태양이 사그라지면서 모든 것이 잔잔해진다
냄비 속 연꽃잎 하나를 집어 들어 씹어본다
같은 뿌리를 가진 연꽃잎이 어떤 건 차지고,
어떤 건 메지다
같은 물속에 몸담고 있는 연꽃잎이 어떤 건 짭조름하고,
어떤 건 밍밍하다
같은 태양을 받은 연꽃잎이 어떤 건
비 오는 날 우산이 될 만큼 늘어지고,
어떤 건 멸치 쌈 싸먹을 만큼만 하다

사실 우린 하나의 덩어리인데
아주 조금 다르게 생겼고
아주 조금 다른 경험을 했을 뿐인데
서로 다른 맛을 품게 되어 버렸다
하지만 분리된 밀가루도 여전히 밀가루이고
분리된 연꽃도 여전히 연꽃이듯이
분리된 너와 나, 우리도 여전히 함께 살아가는 인연이다

나는 오늘 행복합니다

아침에 눈을 떴는데 갑자기 행복해졌어요
나에게 밤새 무슨 일이 일어난 거죠

눈을 뜨자마자 내가 눈을 떴구나 했을 뿐인데
새소리를 듣고 새들이 밤을 꼬박 새고도
못 나눈 사랑을 하는구나 했을 뿐인데
찬란한 오월의 햇살을 맞으며 반가워 웃음 지었을 뿐인데
아카시아 꽃향기를 맡으며 소중한 사람들을 떠올렸을 뿐인데
민들레 꽃씨가 날아오르는 걸 보면서 자유를 느꼈을 뿐인데

온 몸이 고드름처럼 굳어 가고
온 마음에 파도가 울렁거리던 어제도
새는 지저귀고 태양은 찬란했으며 아카시아 꽃은 향기를 내고
민들레 꽃씨는 날아올랐는데

어제와 오늘
달라진 건 없는데
그저 보고 듣고 냄새 맡고 느꼈을 뿐인데
나는 어제와 다른 오늘을 맞이합니다

진짜 안다는 건

굳이 끝을 치고 오지 않더라도
이제 바다가 넓다는 것은 누구나 안다

굳이 바닥을 보고 오지 않더라도
이제 바다가 깊다는 것은 누구나 안다

굳이 그 안에 빠져보지 않더라도
이제 바다가 무수한 생명체를 품고 있다는 것을 누구나 안다

그런데 우리는 왜 매번 끝을 치고
바닥까지 내려 가보려 하는가
도대체 우리는 왜 모든 걸 품고 있는
내 안의 바다를 애써 외면하는가

우리는 이렇게 살아간다

생명선도 깨끗하고 선명하고 길다네
태양선도 쭉 뻗어 있고, 사업선도 강하고,
운명선도 좋고, 개운선도 있다네
게다가 인복도 많다네

내 손금이 이렇게 좋은 손금인 줄 진즉 알았다면
내 이렇게 살지 않을 걸
더 많은 걸 시도해보고, 더 많이 돌아다니고,
더 많은 사람들을 만날 걸
무엇보다 움츠러들지 않고 나 자신을 사랑하며
언제나 자유로울 수 있었을 것을

여태껏 살아 있는 게 용하다네
태양선, 사업선도 희미해서 개천에서 많은 애를 써야
겨우 원하는 걸 얻을 거라네
게다가 인복도 없다네

내 손금이 이렇게 안 좋은 손금인 줄 진즉 알았다면
내 이렇게 살지 않을 걸
어차피 성공하기 어렵고 언제 죽을지도 모른다면
기왕에 하고 싶은 거라도 다 해보고,
원하는 대로 돌아 다니고,
손해만 안 당해도 다행이라 여기며
바라는 거 없이 사람들을 만날 걸
무엇보다 조바심 내지 않고 나 자신을 아끼며
언제나 자유로울 수 있었을 것을

나를 믿는다는 건

그 무엇을 자꾸 쌓으려고 애쓰지 말자
정작 꺼내어 쓰려고 할 때 하나를 빼내면
전부가 와르르 무너져 버릴지도 모른다
그러니 아무것도 쌓으려고 하지 말자
그저 온전히 경험하고 흘려보내자
그게 나를 믿는 시작이다

‘에는’과 ‘란’

삶‘에는’ 삶이‘란’ 무엇인가가 필요하고
사랑‘에는’ 사랑이‘란’ 무엇인가가 필요하다

그러나 이것은 질문이 아니다
이미 내가 만났으나 알아보지 못하는 것들
이미 내가 품었으나 갖고 있는 줄 모르는 것들
이미 함께하는 것들을 그저 발견하는 것이다

시멘트 바닥틈새를 비집고 나온 야생초에게서
희망을 발견하고
타버릴 것 같은 태양 아래 기어이 물길을 찾아 기어가는
지렁이에게서 살아내고자 하는 의지를 발견하고
갸르릉 대는 길 고양이의 울음 속에서 반가움을 발견하고
소리 지르는 그의 성난 얼굴에서 외로움을 발견하고
숨을 삼키며 미소 짓는 너의 눈 속에서 슬픔을 발견하고
꼭 껴안은 우리의 단단한 팔뚝에서 사랑, 사랑을 발견하고

우리에겐 질문이 아닌 발견만 있을 뿐이다
‘에는’과 ‘란’은 의미를 발견해 나가는 너와 나의 이름이다

똑같은 걱정은 이제 그만

걱정을 하느니 차라리 잠을 자는 게 낫겠소
그러나 잠에서 깨어나도 달라질 게 없으니
뭐라도 하는 게 낫겠소
뭐라도 하다보면 걱정이라도 달라질 게 아니겠소
같은 걱정만 되풀이하다보니
이젠 집에서 기르는 강아지도 재미없는지 곁을 안 주오

그러니 이제 좀 움직여 봅시다
창문이라도 살짝 열면 보이는 것이 달라지지 않겠소
냄새가 달라지지 않겠소
소리가 달라지지 않겠소
공기의 맛이 달라지지 않겠소
그러다 보면 걱정거리도 달라지지 않겠소

너도 아니

그래 알아
파도를 치는 건
네가 바다라서 그렇다는 걸

근데 아니
파도를 치지 않아도
네가 바다라는 걸

너의 별, 작은 나의 사랑 고백

너의 몸에 꼭 붙어 사는 새끼 손가락만한 나
아직은 새끼라 덜 자란 거라고들 하는데
어쩌면 난 언제까지나 요만할지도 모르겠다
그런 내가 혹시라도 눌려 죽을까 밟혀 죽을까 싶어
하루 온종일, 또 다른 하루가 되어도
온종일 이고 달고 다니는 너

그런 너의 오른쪽 어깨 위가 나는 참 맘에 든다
뿌리 뻗은 바위처럼 굳어있는 파릇한 흙더미
구릉진 그곳에 누워 거침없는 너의 발걸음 따라
까딱까딱 고개 짓을 하며
찬란한 하늘의 별을 헤는 것만큼 근사한 일은 없다
내 맘이 한없이 미끄러질 때면 약간 기울어진
너의 왼쪽 어깨에 몸을 맡겨 벼랑 끝까지 가보기도 하고
이유 모를 슬픔이 가득 차오르는 날엔
바람결대로 일어났다 주저앉기를 마다않는
너의 더부룩한 머리카락 속으로 숨어 들어가서
바람에 눈물을 흘려보낸다
비 오는 날엔 어김없이 너의 귓바퀴에 걸터앉아
귓속 동굴 안까지 울려 퍼지는 빗소리에 맞춰

우쿨렐레를 연주하고
눈 오는 날엔 콧잔등에 두 팔 벌리고 올라서서
눈사람이 되어 본다
네가 곤히 잠들어 있는 아침이면
가끔 부끄러움도 모르고 알몸으로 해님 마중 나갔다가
온 몸 가득히 이슬을 머금고
수줍어 겨드랑이 속을 파고든다

너의 사랑을 듬뿍 받는 나는
이대로가 좋아서
어쩌면 크고 싶지 않은지도 모르겠다

나 여기 있어

밤새 안녕하신가요
태풍이 휘몰아쳐 수족관의 물고기들도
겁에 질려 박제처럼 그 자리에 멈춰버렸음에도
모든 것이 요동치던 지난 밤
하늘과 더 가까워지라고 기어이 지붕을 열어젖히고
뿌리를 뽑아 두둥실 날아오르게 해 주던 지난 밤
나를 감싸주던 이불을 벗겨내고
여러 날 여러 번 덧칠하며 그린 자화상을
한 겹 한 겹 흘러내리게 한 지난 밤

모든 것을 뒤흔들고, 모든 것을 뽑아내 버리고,
결국 모든 것을 벗겨내 버린 신의 뜻이 무엇인지
따져본들 어제와는 너무 다른 고요함
두려움에 떨어지는 내 눈물이 혼탁해진 물웅덩이를
철렁거리며 파고 들어가 신의 심장 안에 스며들기를
바란들 어제와는 너무 다른 잔잔함

아무것도 할 수 없게 만들어 버렸기에
그저 주저앉아 여러 날을 꼬박 지새운다

이제 무얼 해야 하나
이제 어떻게 살아야 하나
이제 어디로 가야 하나

그때 나와 함께 그러나 홀로 여러 날을
유유히 반짝이기만 하던 까마득한 별 하나가 인사한다
"나 여기 있어"
"알아, 나도 여기 있어"
"나를 이제 알아보는구나"
"당연하지, 이곳에는 이제 남아있는 것이
아무것도 없으니 너만이 보일 수밖에"
"그렇다면 난 길을 떠나려 해"
"그럼 이제 너마저도 못 보겠구나,
어디로 어디로 가는 거니?"
"내 길로"
"그게 어딘데?"
"준비된 이의 마음 길로"
"도통 모르겠구나. 그러나 몸조심하렴,
태풍이 언제 우리들을 또 훔치려 할지 몰라"
"태풍은 절대 우리를 훔치지 못해,

우리가 서있는 자리를 훔쳐갈 뿐이지.
태풍은 그저 우리를 떠나게 해주지"
"그런데 너마저 없다면 구름으로 가득 차
태양도 넘보지 못하는 깜깜한 이곳에서 그저 땅속에 묻힌
송장마냥 내가 나조차 구별하기 어렵겠구나"
"우리에겐 시간이 많지가 않단다, 언제나 그 자리에
그대로 머물 수 있는 건 아무것도 없어.
난 네가 준비가 되었길 바라, 그렇지 않다면
다시 우리가 만나기는 어렵겠지.
태풍이 언제나 너와 나를 만나게 해주지는 않을 테니까"

말을 마치자 별이 온 힘을 다해 더 깊은 빛을 내면서
떨어져 내린다
그 모습이 너무나 눈부셔 나도 모르게 손바닥으로
별을 감싸 안아 버렸다
커다란 별이 손 안으로 모여들어 반딧불처럼 반짝이더니
곧 다정히 스며들어 머문다
한참을 손안에 스며든 별을 들여다보다 조용히 속삭인다

"나 여기 있어"
"알아, 나도 여기 있어"
"네가 내 안에 존재하니 이제 세상 어디에도 어두운 곳이 없겠다. 어디든 마음 내어 갈 수 있고, 어디든 머무를 수 있겠어"

나는 천천히 일어나 내 걸음을 걷기 시작했다
마치 처음 걸음마를 시작한 것처럼
그러나 언제나 준비되어 있었던 것처럼
내 길을 이미 아는 것처럼

공황장애

순간 튕겨져 나갈 것 같았어요
영화관에서 영화를 보다가 갑자기
침대에 누워서 잠을 청하다가 갑자기
식당에서 밥을 먹다가 갑자기
차안에서 키스를 하다가 갑자기
언제 튕겨져 나갈지 모르잖아요, 우리는
앉는 자리 자리마다 안전벨트가 있으면 좋겠어요
다른 세상으로 튕겨져 나가지 않게

당신의 강한 팔로 나를 안아주세요
내가 이 세상에서 튕겨져 나가지 않게 꼭 안아주세요
당신의 팔에 안겨 떠오르는 해와 지는 달을,
떠오르는 달과 지는 해를 함께 보고 싶어요
그러다 만일 당신이 잠든 사이
내가 튕겨져 사라진다 해도 놀라지 말아요,
슬퍼하지 말아요, 불 밝히며 찾아 헤매지 말아요
그냥 조용히 들어 봐요, 우리들의 고요한 소리를
그냥 살포시 느껴 봐요, 우리들의 애틋한 온기를
항상 존재하는 해와 달처럼
우리도 이 세상 안에 그렇게 존재해 있을 거예요

기다림

서두르지 않겠습니다
인연이 닿는다면 언젠가 만나겠지요
일찍 만난다고 우리가 사랑하게 되는 것이 아니니까요
사랑하게 되었다고
아름다운 인연이 되는 것도 아니니까요
오히려 숙성해서 만날 우리가 얼마나 다행입니까
단숨에 달려들어 한숨도 들이쉬지 못하게
꽉 조이는 사랑을 하지 않을 수 있으니까요
서로의 눈에 비친 자기만 바라보느라
사랑하는 이의 눈에 고인 눈물조차
무심히 흘려보내지 않을 수 있으니까요
웃는 마음만 내비치는 게 사랑인 줄 알고
꽁꽁 싸매둔 두려움을 들킬까봐
서로를 멀리하지 않을 수 있으니까요
손가락 걸고 사랑의 약속을 하고 또 하느라
우리의 사랑의 결실들을 오지 않을 미래에서
기다리고만 있게 하지 않을 수 있으니까요

작은 꽃 이야기

살기 위해 비를 맞아야 하는데
이놈의 비는 지 멋 대로라
어떤 때는 기다리다 죽겠구나 싶을 때 오고
어떤 때는 이러다가 죽겠구나 싶도록 오고
내 맘대로 죽을 만큼 애써도
내 맘대로 죽어도 안 되는 이놈의 비
그래 너는 네 멋대로 해라
나도 이젠 그만 애쓰련다

에휴, 이제야 살 것 같다

제4부

사랑, 일상 안으로

민들레의 생명력

아무데나 비집고 들이미는 네가 뻔뻔하다 싶었다
아무데나 끼어서 나불대는 네가 천박하다 싶었다
아무데나 헤치고 밀어내는 네가 욕심많다 싶었다

그게 너의 생명력인 줄 모르고
너도 살아내기 위해 애쓰는 줄 모르고
너는 그냥 가볍게 날아 다니다 아무 의미 없이
재미로 뿌리 내리는
그렇게 너의 삶은 쉽게만 보였다
누구보다 뛰어나지도 예쁘지도 향기롭지도 않은 네가
살기 위해 안간힘을 쓰고 있다는 걸 모르고

별을 닮은 마음

하늘의 별은 사방이 깜깜해져야 보이잖아
비가 온 다음에 더 빛이 나고
구름이 잔뜩 끼어도 존재하며
홀로 있을 때 마주하게 되는
하늘의 별은 절대 사라지지 않잖아

마음의 별도 그렇대
마음이 온통 암담할 때 비로소 그 모습을 보여주고
울고 또 울어서 소금 눈곱이 낀 후에 더 빛을 내주며
기약 없는 막막함 속에 머물 때에도 언제나 함께해주고
곁과 헤어져 고요해졌을 때 만나게 되는
마음속에도 사라지지 않는 별들이 반짝인대

눈물이 흐르는 까닭은

가만히 있어도 눈물이 난다
아쉬움의 눈물을 흘릴 만큼 미련 있는 것도 없고
후회의 눈물을 흘릴 만큼 잘못한 것도 없고
원망의 눈물을 흘릴 만큼 기대한 것도 없고
그리움의 눈물을 흘릴 만큼 사랑한 것도 없는데
좀처럼 마르지 않는 눈물은
아마도
아쉬울 만큼 삶을 사랑하지 않고
후회할 만큼 사람을 사랑하지 않고
원망할 만큼 신을 사랑하지 않고
그리울 만큼 사랑을 하지 않은 까닭인가 보다

그대가 바라보는 것은 무엇인가요

바다에 비친 내 얼굴은 일렁거린다
빗물에 비친 내 얼굴은 흘러내린다
호수에 비친 내 얼굴은 잔잔하다
이슬에 비친 내 얼굴은 싱그럽다
너의 눈에 비친 내 얼굴은 발그레하다

신들의 장난

힘이 들어봐야
애쓴다는 게 뭔지를 알고
애를 써 봐야
소용없는 일도 있다는 걸 알게 되지

살기 위해서는 그만 애쓰고 힘을 빼라는데
힘을 빼기 위해서는 애써 노력해야 한다는군

다람쥐의 꿈

쳇바퀴를 돌리며 나는 꿈꾸지
언젠가 창살 너머 세상에서
도토리를 흙바닥에 굴리며 뒹굴며 놀기를

쳇바퀴를 돌리며 나는 상상하지
언젠가 창살을 비집고 들락거리는 너의 손을
잡아뜯어 물어뜯어 그 손에 쥐어진
알량한 부스러기를 흩날리기를

쳇바퀴를 돌리며 나는 기도하지
언젠가 창살이 녹이 슬어 시들어 사라져 비와 바람
그리고 눈과 볕을 온전히 맞이하기를

쳇바퀴를 돌리며 나는 바라보지
언젠가 창살이 있든 없든 쳇바퀴를 돌리든 말든
상관치 않고 하늘을 바라보며 바람을 느끼며
맘껏 숨을 쉬고 있는 나를

사랑을 하는 이유

무슨 일이 벌어질지 모른다는 두려움에
언제나 떠날 채비를 갖추고 사느라
어디에도 뿌리내리지 못한 채
동그랗게 겁에 질린 눈동자로 숨을 머금고
허울좋은 여행자가 되어 배짱을 부려본다

그래도 다시 돌아올 곳 하나 남겨두고 싶은 마음에
떠도는 고양이 한 마리 잡아두고 길들여보지만
길들여지는 건 나일뿐

떠나지 못할 이유를 만들기 위해
나는 너에게 뿌리를 내리고
매일 헤어지는 더 큰 두려움으로 나를 이곳에 잡아둔다

너에게만 들리지 않는 소리

바람의 소리를 들어봐
네가 원한다면 언제든 함께 떠날 수 있다는군

강물의 소리를 들어봐
네가 원한다면 언제든 함께 흘러갈 수 있다는군

구름의 소리를 들어봐
네가 원한다면 언제든 함께 쉬어갈 수 있다는군

나무의 소리를 들어봐
네가 원한다면 언제든 함께 뿌리내릴 수 있다는군

마음의 소리를 들어봐
네가 귀 기울인다면 언제든
이 모든 자연의 소리를 들을 수 있다는군

어떤 길이든

저 산을 오르기 위한 갈림길에서
너와 나는 다른 길을 선택했다
너는 흙길을 걷다가 바위를 기어오르고
골짜기를 건너 진흙을 헤치며 꽃길을 만나기 시작했다
나는 꽃길을 만났다가 흙길을 걸으며
바위를 기어오르고 골짜기를 건너
진흙을 헤치기 시작했다
그때 꽃길을 걷고 있다는 너의 소식을 들었다
그러자 나의 길에서 만났던 꽃길은
곧바로 의미를 상실했고 기억에서조차 사라져 버렸다
나는 주저 없이 오던 길을 되돌아가기 시작했다
내가 선택했던 길의 초입에 다다라
다시 꽃길을 만났을 때 네가 낭떠러지 사이를 건너다
한쪽 다리를 잃었다는 소식을 들었다
나는 그래서 갈 길을 또 잃었다

당신이 내게 보여준 것

당신을 만난 이유를 알았죠
구름이 가득 머물러 잠시 보이지 않더라도
어둠이 가득 차올라 잠시 사라져 보이더라도
언제나 가득 주고도 금세 차오르는 사랑은
그렇게 내 곁에서 흘러가는 거라고

그러니
눈치 보지 말고
사랑하라고
미안해하지 말고
받으라고

그러고 나서
아무것도 바라지 말라고
당신이 내게 보여 주었죠

이별

샛말갛게 웃음 짓는 네가 있어 내 마음은 말랑해졌다
애처롭게 울음 우는 네가 있어 내 마음은 쫄깃해졌다

그렇게 웃으며 울던 네 모습은
이제 내 숨결 닿는 곳에서만 떠오를 뿐
더 이상 내 눈길 닿는 곳에서는 보이지 않는구나

너를 보며 말랑거리다 쫄깃해 지기를 반복하던
내 마음은 이제 차지어
언제든 네가 통통거리며 뛰놀아도 되고
퉁퉁거리며 두드려도 되는데
너는 떠나고 내 마음만 홀로 남았구나

사랑할 땐 언제나

천둥이 친다고 언제나 벼락이 떨어지는 것은 아니지요
닭이 운다고 언제나 날이 밝아오는 것은 아니지요
다리가 쑤신다고 언제나 비가 오는 것도 아니지요

그렇지만 저기서 아장아장 성큼성큼 팔짝팔짝 사뿐사뿐
네가 온다면
언제나 진동하는 심장으로
모든 만물을 배경으로 떠오르는 너만을 바라보고

절뚝절뚝 뒤뚱뒤뚱 출렁출렁 비틀비틀 네가 온다면
언제나 잔잔한 심장으로
모든 만물을 벗 삼아 드러나는 너만을 바라보지요

세상에 언제나 한결같은 마음 하나쯤은
있어도 되겠지요

소소한 일상

나무는
비가 와서 뿌리까지 촉촉이 젖어들면 행복할까
그러다 비가 계속 와서 뿌리박힌 흙을 물컹하게 만들어버리면

나무는
꽃을 피워 나비가 입 맞춰 주면 행복할까
그러다 꽃이 열매되어 새들이 날아와 다 쪼아 먹어버리면

나무는
그리운 그곳으로 바람이 꽃씨를 데려다 주면 행복할까
그러다 바람이 세게 불어 나뭇잎까지 다 떨어뜨리면

나무는
아쉽지만 가끔씩만 행복하고
다행이지만 가끔씩만 불행하겠구나
그리고 해와 달이 번갈아 뜨고 지고,
구름이 멈추었다 흐르고, 네가 왔다 가는 사이사이
나무는 테 하나를 새기며 폭풍처럼 소소한 일상을 보내겠구나

인연은 내가 있기에 가능한 것

꽃이 피는 건 따뜻한 햇살과 촉촉한 물과
충분한 영양과 적당한 바람이 있기에 가능하다
그러나 꽃씨가 그 곳에 뿌리내리지 않았다면
이 모든 게 무슨 소용이란 말인가

도로시의 발견

너 거기 있었구나!

넌 계속 나를 따라 왔는데
나는 앞만 보고

넌 계속 나를 안내했는데
나는 뒤만 보고

넌 계속 나와 함께 했는데
나는 애써 찾아 헤맸구나

바보같이, 그것도 너를 찾기 위해서

그 집에 놀러가고 싶다

바람결 풍경소리에 늦은 아침 삐꼬덤 방문 열면
문지방 너머 흐르는 냇물이 수천 개의 비늘 옷
물고기를 품은 듯 찬란히 빛나고
마당에 내려앉은 햇살과 쑥 향기가 코를 스치며
모든 살아있는 소리에 내 안의 소리를 잊게 되는
날마다 자유로운 그 집에 놀러가고 싶다

인연

인연이란 게 신기해요
어제까지만 해도 생각지도 못한 사람을 만나
오늘은 그 사람이 보고 싶다 말하니
내일은 그립다 할까요

제5부

사랑, 사랑이 되어

별 같은 너

비가 한 움큼 쏟아져 내리고 난 뒤
뽀얘진 밤하늘에 별들이 반짝인다
다행히도 별들은 쏟아져 내리지 않고
제자리를 지키며 빛을 품고 있다

이따금 길게 뿜어내는 한숨 속으로 사라지기도 하지만
걱정할 건 없다
별들은 내게 갈 길을 알려주기 위해 반짝이는 게 아니라
함께 숨을 쉬고 있는 것일 뿐이니깐
눈에 보이지 않아도 나는 헤매이지 않고 숨 쉴 수 있다

별들은 내게 말한다
내가 어디에 서있든지
내가 어디를 향하든지
나와 함께 숨을 쉴 거라고
그러니 두려워 말라고

그래서 나는 오늘도
별을 향해 미소 짓고 별의 숨결을 느끼며
별빛이 연결되는 세상 속으로 어디든 용기 내어 걸어가 본다

별은 나에게 한결같은 약속이다

그냥 그대로 온전하다

그대, 살아있음을 증명하려 하지 마세요

그대의 숨소리가 삶의 음악이니
이보다 더 강한 소리는 필요치 않아요

그대의 미소가 삶의 풍경이니
이보다 더 과한 몸짓은 필요치 않아요

그대의 살내음이 삶의 향기니
이보다 더 진한 향은 필요치 않아요

그대, 살아있음을 증명하려 하지 마세요

당신이 거기 있음을
당신이 살아있음을 내가 알아요
그리고 당신이 알아요

엄마

더 이상 생선의 토실한 뱃살을 나에게 양보하지도 않고
더 이상 아픈 나를 위해 맛없는 죽을 쑤어주지도 않고
더 이상 든든하게 나의 바람막이가 되어주지도 않고
그래서 당신의 역할이 끝났다라고 생각했을 때

당신은 내게 존재의 의미에 대한 발견과
존재의 사라짐에 대한 두려움을
그리고 내가 할 수 있는 것과 없는 것의 구분을

무섭지만 용기있게
외롭지만 단정하게
슬프지만 아름답게
몸소 허물어지며 보여 주시네

사랑은 주고받는 게 아니라
발견하고 의미를 만들어 가는 것이라고
온 몸으로 경험하게 해 주시네

껴안아 주세요

이해하려고 하지 마세요
용서하려고 하지 마세요
사랑하려고 하지 마세요

이미 있는 그것을 그냥 바라보세요
그리고 껴안으세요
쉽죠,
그런데 그게 다예요

바람이 불어준다

바람이 불어준다
함께한다는 것을 알려주려고 간지럽게

바람이 불어준다
포기하지 않아 고맙다며 따뜻하게

바람이 불어준다
붙잡고 있는 먼지를 날려버리라고 가볍게

바람이 불어준다
경험하는 모든 걸 느끼라며 부드럽게

바람이 불어준다
숨을 쉬려면 받아들여야 한다고 한결같게

바람이 불어준다
내 안의 울림에 귀 기울이라며 힘차게

바람아,
네가 있어 나는 삶을 산다

존재

넌 처음 보는 꽃인데 누구니?
나 말이야?
그래, 넌 무슨 꽃이니?
난 꽃이 아닌데
그럼 꽃이 아니고 뭐니?
나는 그냥 나지
네가 아직 어려서 모르나본데,
너처럼 생기면 다들 꽃이라고 그래
내가 꽃이구나
그래, 네 이름은 뭐야?
난 꽃이래
그건 네 이름이 아니야,
이름은 너를 다른 꽃들과 구별 시켜주는 특별한 거야
나는 이름이 없어도 유일한데
이름이 없으면 아무도 너를 부르지 못하고,
아무도 너를 부르지 않으면 너의 존재는 시시해져
시시해진다는 게 뭐야?
그건 중요하지 않다는 거지,
중요하지 않으면 네 존재는 의미를 찾을 수가 없어

의미가 뭔데?
의미는 네가 본래대로 살아가게 해주는 나침판 같은 거야
의미가 그런 거라면 꼭 찾아야겠구나,
의미를 찾기 위해서는 그래! 이름을 알아야겠네,
그럼 의미의 이름은 뭐야?
응? 의미는 말 그대로 의미 그 자체야, 이름 따윈 필요 없어
그래? 그럼 난 꽃이 아니라 의미가 될래,
이름이 없어도 불리지 않아도 내 존재 자체인 의미가 될래

완전히 온전한 우리

완전한 것은 아무것도 없다
물은 불을 품을 수 없고
불은 쇠를 품을 수 없고
쇠는 나무를 품을 수 없고
나무는 흙을 품을 수 없고
흙은 물을 품을 수 없으니

그러나 우리는 온전하다
물은 나무를 살리고
나무는 불을 살리고
불은 흙을 살리고
흙은 보석을 만들어 내어
보석은 기어이 물을 빛내니
그걸로 충분하다

괜찮아

아무도 모를지 몰라
나의 애씀을
나의 눈물을
나의 존재를

괜찮아 괜찮아

내 안의 나무가 알고
내 안의 바람이 알고
내 안의 사랑이 알고
내가 아니깐

지금 이 순간

오늘 하루 나를 위한 일들을 미루지 않고 해냈을 때
홀로 있는 시간이 외롭거나 두렵지 않고
편안함으로 다가왔을 때
나와 너, 그리고 함께하는 모든 것들을 위해
감사의 기도를 올렸을 때
숨을 맘껏 들이쉬고 내쉬었을 때
나를 괴롭히던 것들에게 조금은 다정한 마음을 내었을 때
자신을 방어하기 위한 행동들을 나에 대한 비난으로
오해하지 않았을 때
나를 보호하기 위해 경계를 세웠을 때
나를 위해 아무것도 하지 않을 용기를 내었을 때
나의 공간으로 너를 초대했을 때
두려움이 아닌 재미로 선택을 했을 때
무엇을 하든 안하든
나는 내 색깔을 내며 빛난다는 걸 알았을 때
맘껏 노래를 부르고 춤을 추는 것이
얼마나 자유로운지 맛보았을 때
서로의 에너지를 뺏지 않고 사랑을 나누었을 때

너와 내가, 나와 우주가 연결되어 있음을
온몸으로 느꼈을 때

그 때가 언제나 지금이기를
지금이 언제나 그 순간이기를
순간이 언제나 영원이기를
영원이 언제나 일상이기를

안녕

신이 나에게 단 하나의 소리만 허락한다면
난 주저 없이 안녕이라고 말할래
시작과 끝이 한결같은 말
안녕

그리하여 우리의 만남과 헤어짐이 모두 안녕하기를
사랑이 머물다 흘러가도 한결같이 안녕하기를
안녕하기에 다시 인연을 시작할 수 있기를

난 주저 없이 안녕이라고 말할래
시작과 끝이 한결같은 말
안녕

노을

하루에 두 번
해와 달이 교차하는 장엄한 의식을 치르기 위해
세상은 노을빛으로 물든다

너무 밝으면 어둠을 잊고 자만하며
너무 어두우면 밝음을 잊고 절망하기에

하루에 두 번
우리가 어떤 방 안에 살고 있든지
하얀 거미줄에 반사되어
방 안이 고요히 노을빛으로 물들도록

그렇게 하루에 두 번
신은 우리에게 밝음과 어둠의 사이사이를
선물해 주신다

나를 살게 하는 너

나무가 소리를 내는 건 보듬고 쓰다듬는 바람이 있어서겠지
나무가 무슨 하고픈 얘기가 있겠어

바다가 소리를 내는 건 춤을 추며 입 맞추는 파도가 있어서겠지
바다가 무슨 하고픈 얘기가 있겠어

흙이 소리를 내는 건 기지개 켜며 안기는 새싹이 있어서겠지
흙이 무슨 하고픈 얘기가 있겠어

내가 소리를 내는 건 다정한 마음으로 들어주는 네가 있어서겠지
내가 무슨 하고픈 얘기가 있겠어

삶은 창조

나는 예술가라네
매일 연주하는 삶이지만 날마다 새로운 내 마음을 담아내지
매일 그려내는 삶이지만 날마다 새로운 내 풍경을 담아내지
매일 노래하는 삶이지만 날마다 새로운 내 사랑을 담아내지
매일 연기하는 삶이지만 날마다 새로운 내 모습을 담아내지

나는 매일을 한결같이 새로워질 거라네
나는 결코 살아가는 것에 익숙해지지 않을 거라네

내가 되어가는 길

그대, 무엇을 보고 있나요
그대가 바라보는 것이 그대의 신념이 될 거예요

그대, 누구와 함께 있나요
그대가 함께 하는 사람들이 그대의 미래가 될 거예요

그대, 어디에 발 딛고 있나요
그대가 서 있는 곳이 그대의 진심이 될 거예요

그대, 얼마나 느끼고 있나요
그대가 느끼는 순간들이 그대의 삶이 될 거예요

그대, 어떻게 사랑하고 있나요
그대가 사랑하는 모습이 그대의 전부가 될 거예요

너를 안다고 말할 수 있을까

너는 바람이구나
내 등을 스르르 긁어주고 가는 너

너는 바람이구나
내 뺨을 발그레 어루만져주고 가는 너

너는 바람이구나
내 맘을 휘감아 어지럽히고 가는 너

너는 바람이구나
내 몸을 파고들어 시리게 하고 가는 너

바람아, 너는 누구니

사랑한다면 사랑이 되리라

사랑한다면
나는 사랑이 되리라

보이지 않으나 언제나 곁에 있고
만져지지 않으나 언제나 포근하며
들리지 않으나 언제나 다정하고
냄새나지 않으나 언제나 향기로운

나는 사라지고 사랑만 남으리라

다짐

나 겸손하리라
삶을 통제하려 하지 않고
저항하거나 분리하지 않고
일어나고 사라지는 것을 있는 그대로 경험하리라

나 당당하리라
나를 사라지게 하는 두려움을
너를 사라지게 하는 분노를
세상을 사라지게 하는 슬픔을
내 공간 안에서 맘껏 춤추게 하리라

이런 게 사랑인가요

내가 시계 초침 마냥 쉬지 않고 이야기를 늘어놓아도
당신은 거북이처럼 내 이야기를 찬찬히 품어 안죠

내가 물 먹은 스펀지 마냥 찔끔찔끔 눈물을 뱉어내도
당신은 하마처럼 내 눈물을 쪽쪽 빨아 들여 주죠

내가 끓어대는 솥단지 마냥 들썩들썩 거려도
당신은 오래 뿌리내린 나무처럼 그 자리에서 나를 반기죠

언제나

인연 따라 만나는 시련 앞에서

하늘 아래 무서울 것 없는 호랑이도 가뭄에 목이 마르고
가장 육중한 몸집을 가진 코끼리도
쏟아지는 빗살을 견디기 어려우며
태양을 향해 나는 데 두려울 것 없는 독수리도
태풍이 몰아치면 흔들리고
아무리 빠른 치타도 번개를 피해 갈 수는 없다

세상에는 나보다 강한 것들 투성이지만
그들 또한 그들에게 일어나는 아픔의 몫을 겪어낸다
그게 삶이다

삶을 산다는 건 나는 나답게,
너는 너답게 오롯이 시련을 겪어 내는 것이다

떠나면 보이는 것들

내가 나를 사랑하기 시작한 건
내가 나를 보며 미소 짓기 시작해서부터야

내가 나를 믿기 시작한 건
내가 나와 함께 있어주기 시작해서부터고

내가 나를 돌보기 시작한 건
내가 나의 손을 잡고 하늘을 바라보기 시작해서부터지

그리고 이 모든 건 내가 나를 떠나기 시작해서부터야

안녕하세요

밤새 안녕하셨어요

그렇다
밤새 베갯잇이 누누해졌을지도 모를 일이다

하룻밤 사이에도 꽃이 피고 지는데
우리의 몸이라고 별 수 있을까

하룻밤 사이에도 물과 불, 바람에 휩쓸려
흔적도 없이 사라지는데
우리의 마음이라고 별 수 있을까

하룻밤 사이에도 헤아릴 수 없는 별이 뚝뚝 흘러내리는데
내 눈물이라고 별 수 있을까

그래서 우리는 만날 때마다 안부를 물어줘야 한다
어제 저녁의 나와 오늘 아침의 나는
전혀 다른 무게를 품고 있을지 모르니

나는 자연인이다

낮이 사라졌다고 밤을 원망하는 사람이 있나요
계절이 변한다고 슬픔에 잠기는 사람이 있나요
번데기가 나비가 되었다고 애달파하는 사람이 있나요
꽃이 떨어져 열매를 맺었다고 그리워하는 사람이 있나요

자연스런 일은 애쓴다고 어쩔 수 없죠
자연스런 일은 모두 인연 따라 흐르죠
자연스런 일은 변하는 게 아니라
그저 품어내고 새로워지는 거죠

눈 내리는 날의 풍경

눈이 무리하게 내렸다

그걸 마주하는 누군가는 지나간 추억을 되새김질하고
뽀드득 거리는 소리와 감각을 음미하며
마음으로 눈을 녹여 먹는다

또 다른 누군가는 노숙 투쟁의 비닐 천막이
쏟아져 내리는 소리와 한숨을 꾸역꾸역 삼키고
몸뚱아리 매여 먹을 거 떨어질까 목이 메며
몸으로 눈을 짓이겨 먹는다

눈은 일상의 밥상처럼
우리 앞에 그렇게 놓여진다

시의 의미

시나 쓴다 하면서 일상을 무시하는 짓은 하지 않을 것이다

시 하나로 세상을 구할 수도 있겠지만
그것이 피 흘리고, 배 곪고,
일상을 포기하며 사는 사람들보다 위대하지 않으니

시 하나로 사람들을 위로할 수도 있겠지만
그것이 몸부림치고, 울부짖고,
겪어내며 사는 사람들보다 감동적이지 않으니

시 하나로 나를 성찰할 수도 있겠지만
그것이 나를 믿고, 나를 변화시키려고 애쓰며,
어떻게든 살아내는 것보다 나를 성장시키지 않으니

나는 시나 쓴다 하면서 낭만 속에 빠지지도 않을 것이며
근거 없는 낙관주의를 추구하지도 않을 것이며
자아팽창 속에 현실을 왜곡하지도 않을 것이다
그러나 시조차 쓸 수 없다면 나는, 우리는
인생의 의미를 무엇으로 발견할 수 있을 것인가
우리가 살아가는 방향의 올바름을
무엇으로 확인할 수 있을 것인가

이유

버티는 게 용기인지 두려움인지 알고 싶지 않을 때가 있지
떠나는 게 실천인지 회피인지 모른 척하고 싶을 때가 있지
사양하는 게 겸손인지 부족함인지 보고 싶지 않을 때가 있지
쉬지 않고 일을 만드는 게 재밌어서인지 불안해서인지
인정하기 싫을 때가 있지
하고 싶은 일을 하려는 게 나를 사랑하는 것인지
이기적인 것인지 헷갈릴 때가 있지
네가 떠오르는 게 사랑이 남아서인지 세월이 그리워서인지
애가 탈 때가 있지
그러나 그걸 알아 뭣에 씨먹는담
그 많은 것 중에 네가 떠오른다는 게 전부지

내 사랑 내 곁에

하늘아, 맑고 밝게 웃음 짓지 마라
바람아, 포근하고 살갑게 안아주지 마라
달아, 그윽하고 정답게 쳐다보지 마라

내 사람이 곁에 없다는 것이 또렷해져서
나는 쓸쓸하구나

내 사랑이 없어도 모든 것이 완벽해서
나는 시리구나

깨어남

세상에 스스로 이름 짓는 꽃은 없죠
원래 꽃은 이름이 필요 없어요
꽃은 이름이 불리지 않아도 자기가 누군지 알거든요

세상에 이름을 붙이는 건 인간들뿐이에요
인간들은 왜 이럴까요
아마도 깜박잠을 자주 자서 그런가 봐요

자꾸 깜박깜박 잠들어 나를 잊어버려서
다른 사람들이 불러주면 그제야 나를 기억해내는

만약 내가 깜박잠에 들지 않고 나를 항상 기억해 준다면
나는 세상에 존재하는 모든 이름으로 불리더라도
내가 나인 줄 알고
세상에 존재하는 모두에게 불리지 않더라도
나를 잊고 찾아 헤매진 않겠죠

나는 그냥 나인 줄 알죠
나는 그저 나일뿐이니까요

미소 지으세요

나에게는 관대하면서
다른 사람들에게 가혹하게 굴지 마세요
안 그럼 많이 외로울 거예요

나에게는 가혹하면서
다른 사람들에게 관대하게 굴지 마세요
안 그럼 많이 공허할 거예요

나에게도 가혹하고
다른 사람들에게도 가혹하게 굴지 마세요
안 그럼 많이 불안할 거예요

나에게도 관대하고
다른 사람들에게도 관대하게 굴어 보세요
그럼 많이 평화로울 거예요

나다움

비가 내리고
물이 고여 흘러
냇물이 강물로 가닿고
강물이 바다 속으로 파고들어도
바다는 여전히 짜겁지

바다는 품고 새로워질 뿐
싱거워지지는 않지
그게 바다니깐

여지껏 사랑도 모르면서

내가 너를 떠난 건 정말 사랑하기 때문이었어
말도 안 되는 얘기라는 거 알지만
네가 떠난 자리에 홀로 남겨질 것을 생각하면
나는 너무 슬퍼서 숨을 쉴 수가 없었거든
네가 없는 시간을 홀로 채워갈 것을 생각하면
나는 너무 암담해서 무너져 내릴 것 같았거든
나를 향해 웃음 짓고, 나를 보듬어주고,
내가 기댈 어깨를 내어주는 네가 없는데
나 홀로 무엇을 할 수 있을까
내가 살아온 힘이 온통 너에게서 얻은 것인데
너 없이 나 홀로 어떻게 용기 내어 살아 갈 수 있을까
아니, 나는 안 될 거 같아, 나는 못 할 거 같아
그래서 떠나왔다 너에게서

그런데 참 한심하지
너를 떠나온 나는 여전히 숨을 쉬기 위해 네 주위를 맴돈다
그런 나를 끝없이 품어주고 내 눈물을 삼켜
다시 말갛게 해주는 물 같은 너
나에게 숨을 나눠주고 되돌아가는 너의 뒷모습,
그리고 반짝이는 너의 눈을 본다

아, 너도 두렵구나
나의 사랑은 두려움에서 시작되어
두려움으로 도망쳐 버렸지만
너는 사랑하기에 두려워졌어도
여전히 사랑으로 머물러 주는구나

여지껏 사랑도 모르는 나를 위해서

:: 시집을 읽고

흐르는 물처럼

이근원 / 노동운동가

뜬금없는 일이다. 시를 읽다가 갑자기 함석헌 선생님이 생각났다. 고등학생 때 선생님이 발행하시던 「씨올의 소리」를 읽었다. 박정희에 의해 판매금지를 자주 당해 재빨리 사지 않으면 구할 수 없었다. 1980년 서울의 봄이 왔고, 마침 명동성당 바로 아래 YWCA에서 선생님이 강연을 한다고 하셨다. 그 기회를 놓칠 순 없었다. 강당을 가득 매운 청중들 사이에서 그 분을 처음 보았다. 두루마기 한복, 긴 하얀 수염, 나지막하지만 막힘없는 말투. 내용은 아무것도 기억에 남지 않았다. 다만 노자(老子)와 장자(莊子)를 얘기하시면서 우주를 넘나드는, 사고의 경계를 확 여는 얘기를 하셨던 인상만 강하게 남았다.

그런데 왜 불쑥 생각이 났을까? "너와 내가, 나와 우주가 연결되어 있음을 온몸으로" 느낀다고, "우주가 나와 꽤 비슷하게 생겼다"라고 노래하고 있어서 그랬을까? 그의 머릿속에 매미가 살고 있고, 생사를 넘어 이미 하나가 되어 버린 코끼리와 민들레도 만나게 되어서 그랬을까? 아무리 그렇다 하더라도 항상 소녀(?)적인 느낌을 주로 주는 그의 인상과는 전혀 어울리지 않는 산신령 혹은 해리포터에 나오는 덤블도어 닮은 팔십 노인이 왜 떠오른단 말인가!

그러나 조금만 더 유심히 그의 시를 읽다보면 노자와 장자를 섞어서 내면화한 것 같은 느낌을 자주 받게 된다. 자연스럽게 살아가는 모습 속에 있음과 없음은 하나다.

나는 꽃을 피워내려 애쓴 적이 없다
다만 살기위해 뿌리 내렸을 뿐
– '나는 꽃을 피워내려 한 적이 없다' 부분

소나무를 꺾었으면 소나무만큼은 살자
장미를 꺾었으면 장미만큼은 살자
개똥풀을 꺾었으면 개똥풀만큼은 살자
하물며 그럴진대
사람을 꺾은 나는 사람으로 살아야 한다
– '너를 사랑하는 나는' 부분

그리곤 "아무도 몰라도 괜찮다"며 마치 인생을 다 살아 본 사람처럼 천연덕스럽게 노래한다.

아무도 모를지 몰라
나의 애씀을

나의 눈물을
나의 존재를

괜찮아 괜찮아

내 안의 나무가 알고
내 안의 바람이 알고
내 안의 사랑이 알고
내가 아니깐
– '괜찮아' 전문

이 정도 되면 함석헌 선생님이 느닷없이 떠오른 것만은 아닌 것같다. 해서 선생님이 쓰신 『하늘 땅에 바른 숨 있어』라는 책을 다시 찾아 보았다.

노자 도덕경 8장 "上善若水 水善利萬物而不爭 處衆人之所惡 故幾於道"를 선생님은 "썩 잘함은 물과 같다. 물은 모든 것에 좋게 잘 해 주면서도 다투지 않고 누구나 싫어하는 (낮은) 곳에 있으려 한다. 그러므로 거의 도(道)에 가깝다."라고 풀이를 해 두셨다. 그러자 자신은 이미 물처럼 살고 있노라고 최선영이 냉큼 답한다.

물처럼 살리라
졸졸콸콸 흐르며 높은 곳에서 낮은 곳으로,
작은 것에서 큰 것으로,

그리고 너의 마음에서 우리의 마음으로 만나며 살리라
– '그저 물처럼 살리라' 부분

자연스런 일은 애쓴다고 어쩔 수 없죠
자연스런 일은 모두 인연 따라 흐르죠
자연스런 일은 변하는 게 아니라
그저 품어내고 새로워지는 거죠
– '나는 자연인이다' 부분

그러고 보니 글을 쓸 때 류원(流源)이라는 이름을 사용하기도 한다. 삶의 본질, 근원을 향해 흐르고 싶다고 말한다. 심지어 사랑조차도 두려움 없이 흘려보내며 그렇게 살고 있다.

흘러가는 모든 것은 아름답다
매순간 새로운, 위대한 사랑이 만들어짐을 믿으며
방금 나눈 우리의 키스도, 약속도
두려움 없이 떠내려 보낸다
– '사랑은 흘려보내기' 부분

최선영은 심리치료를 전공하고, 상담을 하기도 한다. 자아초월학을 공부하는 중이기도 하다. 그에게 이메일을 받으면 보낸 사람이 "마음아 놀자(mindplay)"라고 나온다. 내 주변에서 마음더러 같이 놀자라며 달려드는 유일한 사람이다.

바람이 부는 대로

물이 흐르는 대로

해님을 보면 눈을 감고
달님을 보면 눈을 뜨고

목 마르면 물 마시고
몸 마르면 술 마시고

그리우면 한껏 멀리 보고
외로우면 한치 앞을 보고

애쓰지 말고
애끓지 말고

그냥 살아요
마냥 살아요
– '우리 그냥 살아요' 전문

그런 그에겐 만남과 헤어짐이 안팎으로 같은 것이다. 만나고, 헤어지고, 다시 만나고 헤어지는 수많은 인연들 속에서 자신을 바라보고 상대방도 자신을 알아가는 과정 그 자체다.

사랑한다면
나는 사랑이 되리라

보이지 않으나 언제나 곁에 있고
만져지지 않으나 언제나 포근하며
들리지 않으나 언제나 다정하고
냄새나지 않으나 언제나 향기로운

나는 사라지고 사랑만 남으리라
– '사랑한다면 사랑이 되라' 전문

이 정도 되면 "흐름 속에 보금자리 친, 오! 흐름 속에 보금자리 친 내 영혼"이라는 공초 오상순의 묘비가 자연스럽게 떠오른다. 흐르고 흐르면서, 그 안에 보금자리를 치고 살아가는 자유로운 삶.

다시 함석헌 선생님의 시 한 편이 생각난다.

잊지 못할 이 세상을 놓고 떠나려 할 때
'저 하나 있으니' 하며
빙긋이 웃고 눈을 감을
그 사람을 그대는 가졌는가
– '그 사람을 가졌는가' 부분

돌아보니 오랜 기간 "저런 사람 하나"를 만나는 행운을 가졌다. 이 시집을 통해 더 많은 사람들이 '저 하나 있는 그 사람'을 만나는 기쁨을 누렸으면 좋겠다.

:: 시인을 말한다

살아도 죽어도 사랑만 남을 시인 류원

곽장영 / 시인

1. 그렇게 열심이던 페이스북도 글을 쓰는 건 잊어버렸고, 가끔은 옛 친구들이 어떻게 살아가나 쳐다보는데. 최선영도 그런 친구들 중 한 사람이다. '류원의 여지껏 사랑도 모르면서'가 그의 페이스북에서 가장 많이 보이는 표현이다. 시 한 편 올려놓고, 태그까지 달아가면서 '류원의 여지껏 사랑도 모르면서'가 따라붙는다.

도대체 류원은 누구지? 저렇게 멋지고 훌륭한 시를 쓰는 사람이면 이름이라도 한번 들어 봤을 텐데, 왜 그런 기억도 없지? 그렇지 포털에 물어보면 되지. '류원'을 검색하니, 스무 살 남짓의 여배우가 나온다. 이 배우가 쓴 시인가? 설마…

최선영이 시집을 낸다고 해서 알게 되었는데 이 시들은 배우 류원이 쓴 게 아니고 최선영이 쓴 시였고, 류원은 시를 쓰는데 '필명'으로 쓴 거란다. 그래도 류원이 도대체 무슨 뜻인지 알 수가 없어서 직접 전화해서 물어보기도 했다. 류원은 "근원을 향해 흘러간다. 본래대로 살아간다"라는 뜻이라네. 사전에 있냐고 물었더니, 사전에는 없는 말이란다. 하긴 시인은 말을 만들고 연마하는 연금술사지.

2. 몇 년 전에 어느 고등학교에서 시 창작 수업을 진행한 적이 있다. 시집을 두 권이나 냈다고 나름 시인이라면서 고등학교 2학년 학생들을 위한 시 창작 수업을 맡겼는데, 막상 무슨 시를 어떻게 설명하고 무엇을 가르쳐야 할지 막막하기도 했다. 몇 편의 시를 골라서 함께 읽고 느낀 점을 말해보라 하고, 선생으로 느낀 점을 함께 얘기하는 방식으로 수업을 진행했다.

여기서 가장 강조했던 것은 '외로움'이었다. 살아가는 것은 외로움이고, 그 외로움이 자유를 향한 인생의 행진이라 여기라고 얘기했던 기억이 난다. 그래서 나의 외로움을 부끄러워하거나 숨기지 말고 있는 그대로를 적극적으로 표현하는 것이 중요한 일이라고 했다. 그걸 표현하기 가장 좋은 방법은 시를 쓰는 것이라고, 시가 무슨 대단한 거냐고, 내가 느끼는 걸 적으면 그게 시라고.

어설픈 시인의 어설픈 강의였지만, 누가 뭐래도 예술은 외로움이고, 류원의 시는 외로움을 아름답게 그리고 적극적으로 표현하고 있다.

샛말갛게 웃음 짓는 네가 있어 내 마음은 말랑해졌다
애처롭게 울음 우는 네가 있어 내 마음은 쫄깃해졌다

그렇게 웃으며 울던 네 모습은
이제 내 숨결 닿는 곳에서만 떠오를 뿐
더 이상 내 눈길 닿는 곳에서는 보이지 않는구나

너를 보며 말랑거리다 쫄깃해 지기를 반복하던
내 마음은 이제 차지어
언제든 네가 통통거리며 뛰놀아도 되고
퉁퉁거리며 두드려도 되는데
너는 떠나고 내 마음만 홀로 남았구나
– '이별' 전문

3. 지난 1년을 부질없는, 팔자에도 없는 공부를 하노라고 헛심만 쓰면서 버렸다. 역마살이 단단히 달라붙어 있어 스무 살 이후에는 이런 공부를 해본 적이 없었으니 그 고통이 적지 않았고, 즐겁게 하는 일이 아니다 보니, 성과도 없었다. 류원의 시를 읽어 가다 보니 가장 맘에 드는 건 역시 역마살을 잘 표현한 이 시다. 더구나 이즈음이 멋진 가을 아닌가.

나는 밖으로 나가는 것만으로도 충분하지만, 시인 류원은 '사라지지 않는 존재들에 대한 그리움을 안고 나는 오늘도 밖으로 나와 보이지 않는 존재들의 존재함에 깊은 존경을 표한다'고 하니, 그의 사랑은 범인의 수준을 넘어섰음이 분명하다.

가을이 되면 밖으로 나가고 싶다
노랗고 빨간 나뭇잎과 파란 하늘을 보며
원색의 조화를 만끽하고 싶다

가을이 되면 밖으로 나가고 싶다
도토리 흙냄새 풍기는 시원한 바람으로
얹힌 가슴을 쓸어내리고 싶다

가을이 되면 밖으로 나가고 싶다
찬란하게 아름다운 세상 속 배경이 되어
누군가의 사진 속에서라도 기억되고 싶다

그래서 나는 가을로 꽉 차오른 오늘
모두가 밖으로 뛰쳐나와야 마땅한 가을날 오늘
보이지 않는 것들을 찾게 된다

밖으로 나오고 싶어도 나오지 못하는 많은 것들과
밖으로 나오는 길을 잃어버린 많은 것들과
밖으로 나왔으나 배경조차 되지 못하는
많은 것들을 찾게 된다

보이지 않아 잊혀 질 수는 있으나
사라지지 않는 존재들에 대한 그리움을 안고
나는 오늘도 밖으로 나와
보이지 않는 존재들의 존재함에 깊은 존경을 표한다

– '보이지 않는 존재들에 대하여' 전문

4. 외로움과 함께 살아야 할, 그리고 외로움을 이겨낼 수 있는 가장 강력한 힘은 역시 사랑이다. 그래서 시인 류원은 '눈치 보지 말고 사랑하라고' 외치고 있고, 그리하여 사랑한다면 사랑이 되어 '나는 사라지고 사랑만 남으리라'고 노래하고 있다.

그러니
눈치 보지 말고
사랑하라고
미안해하지 말고
받으라고
– '당신이 내게 보여준 것' 부분

사랑한다면
나는 사랑이 되리라

보이지 않으나 언제나 곁에 있고
만져지지 않으나 언제나 포근하며
들리지 않으나 언제나 다정하고
냄새나지 않으나 언제나 향기로운

나는 사라지고 사랑만 남으리라
– '사랑한다면 사랑이 되라' 전문

이렇게 사랑으로 남겠다고 하면서도 시인 류원은 '낭만에 빠지지도 근거 없는 낙관주의를 추구하지도 않을 것'이라고 말한다. 아울러 시를 쓰는 것은 인생의 새로운 의미이며, 삶의 올바른 방향이라고까지 정의하고 있다.

나는 시나 쓴다 하면서 낭만 속에 빠지지도 않을 것이며, 근거 없는 낙관주의를 추구하지도 않을 것이며, 자아팽창 속에 현실을 왜곡하지도 않을 것이다

그러나 시조차 쓸 수 없다면 나는, 우리는 인생의 의미를 무엇으로 발견할 수 있을 것인가

우리가 살아가는 방향의 올바름을 무엇으로 확인할 수 있을 것인가
– '시의 의미' 부분

시인 류원은 시인을 넘어 인생을 꿰뚫어 보는 철학자이기도 하다. 그의 외롭기도 하고, 사랑이 넘치는 따뜻한 시들의 향기가 넓게 멀리 퍼져 가기를 기원해 본다.

:: 시집을 내면서

불안한 이들을 위하여

고백이라 할 것도 없이 마음에 대한 이야기를 나누다보면 나의 근원을 알 수 없는 병에 대해 알게 된다. 나는 불안증이 심하다. 사랑하는 이와 하루 종일 붙어있다 헤어질 때는 물론이고, 그리 좋아하는 여행을 떠나기 위해 비행기 의자에 앉는 순간, 영화를 보다가, 친구와 밥을 먹다가, 그냥 아무 일 없이 숨을 쉬다가도 불안은 불쑥불쑥, 툭툭 튀어나온다.

어릴 때부터 그런 건 아니다. 삼십대에 들어서서 만나게 된 괴물, 혹은 친구다. 어릴 때는 불안을 만나지 않기 위해 쉴 새 없이 놀았던 것 같다. 끊임없이 일을 만들고 사람들을 만나면서, 부어라 마셔라 진탕 술도 마시고 실수도 저지르면서 한시도 쉴 틈을 주지 않았다. 뱃속에서 꿈틀대는 무언가가 있다는 것은 알지만 그걸 확인하고 싶지는 않았던 것 같다. 그러다 일에 치이고, 사람에게 진이 빠졌을 때 마주하게 되었다. 오래 기다리게 해서인지 무척이나 무섭게 화를 내며 나를 겁주었던 게 불안에 대한 첫 인상이다.

그래서 공부를 시작하게 되었다. 어떻게 하면 불안에서 벗어날 수 있을지, 불안의 원인이 뭔지 알고 싶었다. 공부를 하고 얻은 소득은 불안에서 벗어나는 게 쉽지 않다는 걸 받아들이는 것이었다. 그래서 불안의 이름을 괴물에서 친구로 바꿔 불러줬다. 그렇다고 금세 친구가 되는 것은 아니다. 여전히 불편하고 까다로우며 나를 당황시키는 재주를 부리고 있다.

불안이 찾아와 힘들 때 예술은 나에게 진통제 같은 존재였다. 그것도 아주 직빵인 진통제.

연극을 하면서, 그리고 글을 쓰면서 나는 '예술을 하는 사람이라면 불안한 게 당연하지'라고 애써 위로하며, 그동안 근원을 알 수 없어 더 불안했던 불안의 이유를 찾는 것을 내려놓고 조금은 불안의 '덕'을 보기 시작했다. 그리고 그 덕으로 이렇게 시집이 나왔다.

누구나 삶을 포기하고 싶을 만큼의 힘든 일을 겪는 것 같지는 않다. 그렇지만 누구나 이별은 경험하게 된다. 사람과 동물과 어떤 장소와 물건과 나무와… 한 시절을 같이 보내고 자기 결대로 흘러가다 보면 언젠가 헤어지는 순간을 맞게 된다. 나는 이걸 '분리되는 과정'이라고 부른다. 나는 분리되는 것에 대한 두려움이 어마무시 크다. 그만큼 집착이 많은 것일까, 아니면 아직 혼자 삶을 살아내기에 덜 성숙한 걸까, 그도 아니라면 그저 사랑하기 때문일까.

무엇이 되었든 나는 분리에 대한 생각을 할 때, 그리고 분리되는 느낌을 받을 때 주로 불안을 경험하게 된다. 그래서 유독 '연결'에 의미를 부여하게 되는 것 같다. 애초에 연결되어 있지 않은 것은 분리될 일도 없을 것이다. 따라서 분리는 연결을 포함하고 있다. 나는 이 연결성을 회복하는 것이 '치유'이며, 이는 자기(self)에 대한 집착에서 벗어나 타자와 연대하는 것이 우리의 본성임을 기억해 내는 것이라고 생각한다. 바로 우리가 하고 있는 (노동, 예술, 환경, 소수자…) 운동은 그래서 그 자체가 치유의 과정이며 의식일 것이다.

내 시가 불안한 분들에게 불안도 삶을 살아내는데 생각지 못한 유용한 달란트가 될 수 있다는 반가운 소식으로 가볍게 전해지길 바란다.

2021년 12월
류 원(최선영)

레디앙 시선 일하며 부르는 노래 5

여지껏 사랑도 모르면서

초판 1쇄 펴낸 날 2021년 12월 6일

지은이 류 원
펴낸이 이광호
펴낸곳 도서출판 레디앙
디자인 Annd
인 쇄 천일문화사

등록 2014년 6월 2일 제315-2014-000045호
주소 서울 강서구 공항대로 481(등촌동, 2층)
전화 02-3663-1521 팩스 02-6442-1524
전자우편 redianbook@gmail.com

ISBN 979-11-87650-08-9